**Bei BoD sind von Peter Mühlhauser-Trois bereits er-
schienen:**

Semual Khan und das Rad der Zeit (Band 1)

Japhet Morsus

Der Autor

Peter Mühlhauser-Trois, Jahrgang 1983, ist diplomierter Gesundheits- und Krankenpfleger und lebt mit seinem Sohn in der Nähe von Graz. Japhet Morsus ist sein zweiter Roman, der dritte Teil befindet sich bereits in Arbeit.

Peter Mühlhauser-Trois

JAPHET MORSUS
und das Buch ins Leben

Bibliografische Information der Deutschen Nationalbibliothek: Die Deutsche Nationalbibliothek verzeichnet diese Publikation in der Deutschen Nationalbibliografie, detaillierte bibliografische Daten sind im Internet über http://dnb.d-nb.de abrufbar.

Herstellung und Verlag:
BoD – Books on Demend, Norderstedt

ISBN: 9783752641608

Die Erinnerung ist der beste Freund und der schlimmste Feind des Menschen.

Gilbert Parker

Zu spät

»Sucht!«, befahl Morsus seinen Männern, als ob er Hunde losschickte. Solange sie gehorchten, blieben sie am Leben. Sie verschwanden im Haus; einer nach dem anderen.

Sehr brav.

Mit verschränkten Armen folgte er ihnen über die Schwelle der Eingangstür.

Eine Fliege schwirrte träge auf ihn zu und hinterließ eine weiße Spur, wie Flugzeuge am Himmel. Die Luft in eine gallertige Masse zu verwandeln, war die beste Möglichkeit jemanden aufzuhalten. Klatsch. Das Insekt landete reglos vor seinen Füßen. Er trat darauf und verteilte den Kadaver über den Fußboden. Genauso würde es den Personen ergehen, die er im Haus vermutete. Niemand widersetzte sich ihm ungestraft. Die Erlöser sollten das eigentlich wissen, und Morsus' Männer würden jeden gottverdammten Winkel im Haus durchkämmen, um sie zu finden.

Ob sie hier tatsächlich ihr Unwesen trieben? Sein Instinkt sagte ihm, dass es so war. Und seinem Instinkt konnte er trauen.

Morsus schnippte mit den Fingern und die Luft war wieder klar; er hatte ihr lange genug den Sauerstoff entzogen. Keiner konnte so lange den Atem anhalten. Oder doch? Gmaf vielleicht, Erlöser bestimmt nicht.

Auf dem Boden vor ihm lag eine Frau - keine Gmaf, nur die Haushälterin. Ihre Augen standen weit offen. Dämliches Weib. Hatte nichts Besseres zu tun gehabt, als aus dem Fenster zu glotzen. Morsus stupste mit der Schuhspitze den leblosen Körper an. Er hatte sie sofort getötet, als sie seine Ankunft bemerkte, doch ihr Schrei hatte die Bewohner gewarnt; das Überraschungsmoment war vorbei.

Hoffentlich hatte sich die Luft schnell genug zusammengezogen und alle im Haus bewegungsunfähig gemacht. Zu ärgerlich, wenn einem die Flucht gelungen wäre.

»Die Lady hätte nicht sterben müssen«, rief Morsus. Seine Stimme hallte von den Wänden der Eingangshalle wider. »Zeigt euch und ich verschone eure Leben.« Er lächelte.

Zwei Männer traten vor und verbeugten sich.

»Im Erdgeschoss ist niemand.«

»In den oberen Stockwerken auch nicht.«

Morsus kniff die Augen zusammen. »Tatsächlich?« Für einen Moment war nur das Ticken der Wanduhr zu hören. »Und ihr seid euch vollkommen sicher?«

Die beiden suchten sofort weiter.

Diese Dilettanten. Hier ist jemand. Ganz bestimmt. Er konnte sie ... Er konnte sie riechen!

Morsus wanderte zum Esszimmer. An einem großen, runden Tisch aus Eichenholz standen drei Stühle, ein vierter lag umgekippt am Boden. Als er sich bückte, um unter das Tischtuch zu sehen, fiel ihm eine Haarsträhne ins Gesicht. Morsus blies dagegen, doch sie klebte fest. Genervt strich er sie mit dem Handrücken weg. Die Schweißausbrüche, die ihn überkamen, wenn er seine Kräfte einsetzte, gingen ihm mächtig auf den Zeiger.

Wurde er alt? Er war Mitte vierzig, in der Blüte seines Lebens. »Kommt raus, kommt raus«, flüsterte er. Gemächlich schritt er zu einem antiken Bücherregal, musterte es. Dante, Cervantes, Shakespeare, die Bibel, Hesse, Dickens, Twain, Tolstoi, Dostojewski, Proust, Melville, Freud, Wells, Carroll, Kafka, Doyle, Mitchell, Stoker, Defoe und drei Bücher über

Okkultismus. Letztere waren die einzigen, die abgegriffen aussa-
hen. Leichtgläubiges Volk!

Plötzlich riss er die Augen auf. Aufgeregt klatschte er in die
Hände. »Hier her!« Seine Männer tauchten einer nach dem
anderen hinter ihm auf. »Dieses Bücherregal«, sagte er gefähr-
lich ruhig. »Wer von euch Nichtsnutze hat es untersucht?«
Niemand rührte sich. »WER?«

Wie er dieses Pack doch hasste. Zu nichts zu gebrauchen. Er
sollte sich eine Armee aus Zauberer zusammenstellen. Seines-
gleichen. Doch dafür waren sie viel zu wenige. Er brauchte jeden
Einzelnen auf seinem Posten.

»Das, ähm, war dann wohl ... ähm, ich«, stotterte ein beleib-
ter Mann mit Glatze. Schweiß perlte auf seiner Stirn.

Morsus nickte, während er auf den Boden zeigte. »Sehen Sie
diese Kratzer?«

»Ja«, antwortete der Mann.

»Und was schließen wir daraus?«

Der Glatzkopf schluckte. »Dass das Ding bewegt wurde?«

»Richtig«, sagte Morsus, ohne ihn anzusehen. Er ballte eine
Faust und öffnete sie wieder. Ein glühend heißer Feuerball
schwebte über seiner Handfläche.

»Es ... es tut mir leid, Herr.«

»Aber nicht doch«, sagte Morsus. Egal ob ihm der Mann die
Kratzer absichtlich verschwiegen hatte oder nicht, für Verräter
und Stümper hatte er keine Verwendung. Er drehte sich um und
schleuderte den Feuerball direkt auf die Brust des Mannes.
Dieser schrie, dann löste er sich in eine dunkle Wolke aus Rauch
auf. Morsus wich einen Schritt zurück, um seinen weißen An-
zug nicht zu versengen. »Lasst euch das eine Lehre sein. Und
nun zu diesem vermaledeiten Regal. Könnte wohl jemand ...«

Drei Männer in ausgewaschenen schwarzen Jeans traten augenblicklich vor und stemmten sich dagegen. Doch es bewegte sich nicht vom Fleck.

»Wartet«, sagte Darnel. Ein dunkelhäutiger Mann, und der einzige hier, den Morsus beim Namen kannte. »Das dritte Buch in der dritten Reihe.«

Robert Smith Beckett, Sonne über Atlantis. »Was ist damit?«, fragte Morsus. Ihm war weder der Autor noch der Titel bekannt.

»Nehmen Sie es!«

Morsus zog es heraus und ein kaum vernehmbares Klicken folgte. Wie eine Tür schwang das Bücherregal einen spaltbreit auf und gab den Weg zu einem Geheimgang frei.

Morsus nickte. Endlich ein Gmaf, der zu etwas nützlich war, der sich für die richtige Seite entschieden hatte. Darnel hatte sich als wahrer Glücksgriff erwiesen. Leute wie er waren selten. Morsus kannte nur ein einziges Mädchen, das ebenfalls über hellseherische Fähigkeiten verfügte. Albine. Doch er hatte sie seit seiner Schulzeit nicht mehr gesehen.

Morsus zwängte sich durch die Öffnung und trat auf ein Mosaik aus kleinen Steinen. »Mir nach!« Die Verräter mussten hier irgendwo sein.

Dunkelheit umhüllte ihn, als er den Gang entlanglief. Seine Leute folgten ihm wie ein Haufen Trunkenbolde. Einer von ihnen fiel sogar auf die Knie, während sich ein anderer beim Versuch auszuweichen an der Wand die Ellenbogen abschrammte. Sogar zum Laufen waren sie zu blöd. Am Ende des Ganges blieb Morsus ruckartig stehen.

Ein Junge sprang in eine Pfütze am Fußboden und versank. Ein alter Mann stand daneben.

Morsus kannte ihn. Kein Erlöser. Kein Gmaf. Schlimmer!

»Aragin!« Mit einer einzigen Handbewegung schleuderte er ihn durch die Luft an die Wand. Der kleine Mann rutschte die Mauer hinunter. Sein gehörnter Helm hinterließ tiefe Spuren im Sandstein, und die Erde unter seinem Körper färbte sich so rot wie sein Bart.

Morsus lief zu dem Wasserloch im Boden, das sich langsam schloss. Er starrte hinein, zu dem Jungen, der nach unten sank, stieß seine Hand in die Öffnung. Sie wurde feucht. Mehr nicht. Er schaffte es nicht, den Körper des Jungen zu fassen. Das Loch wurde immer enger und Morsus konnte seine Hand gerade noch herausziehen, ehe der Boden wieder eine ebene Fläche bildete.

»Verdammt.« Morsus starrte auf den flachen Gegenstand - ein Zahnrad mit einer goldenen Münze. Er lag an der Stelle, an der eben noch das Loch gewesen war. Morsus hob ihn auf. Was zum Teufel war das? Er wirbelte herum und zeigte auf Aragin, der in seinem eigenen Blut lag. »Bringt ihn zu mir«, herrschte Morsus seine Leute an.

Zwei Männer stürzten sich auf den Mann, packten ihn an seinem Mantel und schleiften ihn vor Morsus' Füße. Er hatte sich in den letzten Jahren nicht verändert. Immer noch das gleiche faltige Gesicht wie zerknülltes Papier.

Aragin öffnete die Augen, sah sich benommen um und schielte zu der Stelle, wo der Junge verschwunden war.

Morsus folgte seinem Blick. »Was hast du getan?«

Aragin biss die Zähne zusammen.

»Sprich!«

»Den Teufel werde ich tun.«

Morsus lächelte. »Du widersetzt dich meinen Befehlen?« Er kniff die Augen zusammen, von denen böse Zungen behaupte-

ten, sie seien so dunkel wie seine Seele. Was wussten die Gewöhnlichen schon von ihm? Nichts!

Er packte Aragin am Kragen. »Was ist das?« Er hielt ihm das Zahnrad vor die Nase, klopfte auf die goldene Münze. »Und wer war der Junge, der darin verschwunden ist?«

Jetzt war es Aragin, der lächelte. Ein Lächeln, das Morsus eiskalt den Rücken hinab lief. Längst vergessene Erinnerungen aus seiner Kindheit durchfluteten ihn.

Aragin antwortete betont langsam. »Dein Untergang.«

Der Junge ohne Vergangenheit

Es war nicht das Töten, das ihn faszinierte. Es war die Jagd.

Er kletterte einen Ast höher und spähte durch die Blätter zur Lichtung. Nichts. Merkwürdig. Dabei war er sich so sicher gewesen.

Er sog die Luft ein, filterte sie. Mit acht Jahren hatte er entdeckt, dass er das konnte. Heute, sechs Jahre später, war er ein Profi darin. Pflanzen, Tiere, Menschen, alle rochen anders. Mehr noch. Veilchen waren nicht gleich Veilchen, Kuhfladen nicht gleich Kuhfladen. Im näheren Umkreis konnte er so gut wie jeden Geruch auf wenige Meter lokalisieren. Und er hatte sich nicht getäuscht. Hier irgendwo. Der Geruch war noch frisch. Wo versteckte es sich? Vielleicht hinter den Buchen da vorne?

Laub raschelte. Aha! Er hangelte sich vom Baum und raffte seine Sachen zusammen; einen Ranzen mit Messern und Pfeilen. Den Bogen hängte er sich im Laufen um den Hals. Nicht selten war ihm ein Hase oder ein Reh entkommen, weil er zu lange gewartet hatte. So ein Fehler durfte ihm heute nicht passieren. Schließlich ging es um weit mehr als einen Hasen.

Dieses Biest hatte ihm seine ganzen Vorräte weggefressen. Ein Wildschwein. Er würde es finden, jagen, töten. Doch zwei Mal schon hatte ihm das Wetter ein Schnippchen geschlagen und jedweden Geruch verwischt.

Aller guten Dinge sind drei, sagte er sich, fegte die Zweige beiseite und stand plötzlich dem Wildschwein gegenüber. Er konnte es nicht fassen. Wie es da lag. Suhlend im Schlamm. Ohne sich zu bewegen. Seine Beute. Endlich. Ein prächtiges Exemplar. Die Hauer würde er behalten. Für seine Sammlung. Doch was im Moment viel wichtiger war. Fleisch! Wie es wohl schmeckte? Ob der Unterschied zum Hausschwein groß war? Er leckte sich die Lippen. Egal. Vögel, Hasen, Eichhörnchen hatte er satt. Behutsam legte er einen Pfeil in seinen Bogen und spannte die Sehne.

In diesem Moment durchbrach ein Blitz die Baumkronen. Das Tier erschreckte sich, zuckte mit dem Kopf und trabte davon, geradewegs zwischen zwei Kiefern hindurch.

Woher zum Teufel kam der Blitz? Der Himmel war wolkenlos. Er lockerte die Spannung des Bogens und blinzelte. Das ging nicht mit rechten Dingen zu! Er raffte erneut seine Sachen zusammen, hing sich den Bogen um und folgte dem Schwein. Es war zum Verrücktwerden.

Zu allem Überdruss stolperte er auch noch über ein Geflecht aus Wurzeln. Der Bogen drückte in seine rechte Flanke.

»Scheiße!« Das würde bestimmt einen Bluterguss geben. Er richtete sich auf und sah sich um. Beinahe hätte er laut aufgelacht. Schon wieder war das Schwein entkommen.

Leises Keuchen.

Irgendetwas bewegte sich links von ihm. Unweit entfernt. Das Wildschwein? Der Geruch war ihm fremd. Und passte nicht hierher. Er schlich zu der Baumgruppe, die ihm die Sicht versperrte, und spähte hindurch. Was zur Hölle ...

Kein Schwein. Sondern ein Junge. Aber wie ...

Er klappte den Mund auf. Weiße Haut. Goldenes Haar. Endlos lange Wimpern. Dazu dieser süßliche Geruch von ... Vanillekipferln? Ein Engel? War dieser mit dem Blitz auf die Erde gekommen? Er schüttelte den Kopf. Als ob es Engel wirklich gäbe. Andererseits gab es auch Zauberer. Warum also keine Engel?

Weil es auch keinen Gott gibt!

Ob sich dieser Kerl auch hier im Wald versteckte? Genauso wie er? Robust sah er ja nicht gerade aus. Eher zerbrechlich. Krank?

Bevor er sich weitere Fragen stellen konnte, war das Wildschwein wieder da. Und gemächlich trottete es auf den Jungen zu. Ohne Scheu. War denn das zu fassen? Vor *ihm* war es immer weggerannt, aber vor dem Jungen da ...

Jetzt hatte der das Vieh auch entdeckt und erschrak. Er rutschte über den Erdboden bis an einen Baum. War das eine Blutspur? Ja, definitiv. Blut lief aus seinen Hosenbeinen. Und das nicht wenig. Schnüffelnd folgte das Wildschwein der Spur.

Ah. Auf die Idee, es zu ködern, hätte er auch kommen können. Er schüttelte den Kopf. Laaaangweilig.

Das Wildschwein blieb einen Meter vor dem Jungen stehen. Dieser drückte sich fest gegen den Baum.

Japhet spannte den Bogen und zielte auf den Keiler. Jetzt bist du fällig. Als er schoss, blickte der Junge in seine Richtung. Blaue Augen starrten ihn an.

»Japhet! Hallo, hörst du mir eigentlich zu?« Helga holte ihn zurück in die Gegenwart. Ausgerechnet jetzt. Wo die

Bilder so schön waren, die Erinnerung so klar. Dabei hatte er die erste Begegnung mit Sem schon fast vergessen. Warum sie plötzlich auf ihn eingeströmt war? Er wusste es selbst nicht. Vielleicht lag es am Essen. Dem kalten Schweinebraten. Oder an Helgas letzter Bemerkung: *Gut, dass unsere Flucht gescheitert ist. Wenn ich an ein Leben im Wald denke, ans Jagen …*

Dann würden sie jetzt nicht im CuraNaus' hocken, sondern auf irgendeinem Baumstumpf im Wald.

»Also, was sagst du?«, fragte Helga.

Japhet hatte keine Ahnung, wovon sie sprach. Bestimmt redete sie seit fünf Minuten, ohne Punkt und Komma. Kein Wunder, dass er sich ausgeklinkt hatte.

»Hab nicht aufgepasst.«

Sie tupfte sich mit einer Serviette den Mund ab. »Oh.«

Sem starrte auf die Zinken seiner Gabel.

Japhet musterte ihn irritiert. Hatte er irgendetwas verpasst? Er griff nach dem letzten Stück Karamellsplittertorte, das noch unberührt auf dem Kuchenblech lag, überlegte es sich im letzten Moment aber anders. Mit der flachen Hand klopfte er sich auf den Bauch. »Das war lecker.«

Ob man sie im Refektorium, dem Klosterspeisesaal, wo sie normalerweise aßen, bereits vermisste?

»Kannsch nich immer s schein.« Sem spülte den letzten Bissen der Nachspeise mit Apfelsaft hinunter.

»Man spricht nicht mit vollem Mund«, tadelte Helga.

Japhet rülpste »Ach.«

Helga schüttelte den Kopf. Ihr streng zurückgeflochtenes Haar rührte sich dabei keinen Millimeter. »Jungs«, sagte sie und rollte die Augen. Japhet konnte sich nicht vorstellen, dass es irgendwo auf dem Planeten einen Menschen gab, der größere Augen hatte. Sie waren fast so groß wie die der japanischen Zeichentrickfiguren, die sie gelegentlich im Fernsehen ansehen durften. Früher hatte er sie damit aufgezogen.

Doch dann war Sem aufgetaucht. Und hatte einen anderen Menschen aus ihm gemacht. »Ich kann es nicht fassen«, sagte Japhet.

»Was?«, fragten Sem und Helga wie aus einem Mund.

»Na, das hier. Alles.« Er sah von Helgas lädiertem Gesicht auf das leere Bett, das neben seinem und Sems fehl am Platz wirkte. Nichts erinnerte mehr an den Jungen, der darin gelegen hatte. Linus, ihr Zimmerkollege, hatte versucht, sie umzubringen. Nun war er verschwunden. Und niemand der anderen Kinder im Heim schien das etwas auszumachen. Wer interessierte sich schon für einen Freak? Dabei war er ihm gar nicht unähnlich gewesen. Nicht im Traum hätte er gedacht, dass Linus ein Zauberer sein könnte. Wie er!

Japhet stand auf.

»Was ist?«, fragt Sem. Japhet bedeutete ihm still zu sein, schlich zur Tür und riss sie auf. Zwei Körper purzelten ihm entgegen. Tim und Tom. Wer sonst?

»Lauscht gefälligst woanders!«, blaffte er.

Ha- ... haben wir nicht«, stammelte einer der beiden. Japhet konnte die Zwillinge nicht auseinanderhalten. Umständlich rappelten sie sich auf und huschten ins Zimmer.

»Wir wollten nur ...«

»Kann ich mir denken. Aber das könnt ihr vergessen. Verpisst euch!« Japhet schnappte sich ein Buch und zielte damit auf die Jungs.

»Das ist nur ausgeliehen«, rief Sem.

Das Buch knallte an die Wand.

»Lauf, Tim!«, rief Tom seinem Bruder zu. Tim duckte sich an Japhet vorbei und die Zwillinge rannten, als wäre der Teufel hinter ihnen her. Weg waren sie.

»So machst du dir keine Freunde«, sagte Helga.

»Na und?«

»Wolltest du nicht netter sein?«

Japhet grinste. Wollte er? »Ich kann Lauscher nicht leiden.«

Helga seufzte, stand auf und schloss die Tür. »Du bist ein hoffnungsloser Fall.« Sie bückte sich, um das Buch aufzuheben. Mitten in der Bewegung hielt sie inne.

»Was ist?«, fragte Sem.

»Da ist was hinter dem Umschlag.« Sie wickelte ihn ganz von dem Sherlock Holmes Roman, den sich Sem von der Bibliothek ausgeborgt hatte, und kam damit zurück an den Tisch. Sie tippte auf den Buchrücken. Im Karton war ein Loch ausgestanzt und darin klemmte eine Münze.

»Wer hat die da versteckt?« Helga versuchte sie herauszukratzen, doch mit ihren abgenagten Fingernägeln schaffte sie es nicht. Schnell stopfte sie die Hände in ihre Taschen. Schämte sich wohl. Ob es ihr irgendwann gelang, sich diese hässliche Angewohnheit abzugewöhnen?

»Gib her!«, sagte Japhet, drehte das Buch herum und schlug fest darauf. Die Münze fiel auf den Tisch. Sie war aus Gold und in der Mitte war ein Loch. Wie die aus Japan. Oder China?

Sem massierte sich die Schläfe.

»Alles okay?«, fragte Japhet.

Sem nickte. Er hatte schon besser gelogen. Japhet konnte förmlich sehen, wie sich die Zahnräder in Sems Kopf bewegten.

Woran dachte er? Konnte er sich an irgendetwas erinnern?

Angeblich tauchten immer wieder mal Bruchstücke aus seiner Vergangenheit auf, konnte sie aber nie lange festhalten.

Plötzlich schnellte Sem nach vorne und legte die Hand auf die Münze. »Die gehört mir!«

»Ich will sie gar nicht«, sagte Japhet.

Helga runzelte die Stirn. »Ich auch nicht.«

»Dann ist ja gut.« Sem nahm die Hand vom Tisch, erhob sich vom Stuhl. »Ich muss ... wieder ins Bett.« Er schwankte leicht.

»Brauchst du Hilfe?« Helga reichte ihm den Arm und Japhet sprang neben Sem, um ihn zu stützen.

»Ich bin doch kein Baby.« Sem ignorierte die beiden und ließ sich auf die Matratze seines Bettes plumpsen. »Mir gehts gut.«

»Du warst zwei Tage lang mehr oder weniger bewusstlos«, erwiderte Japhet. »Also erzähl mir nichts.«

Doch Sem kuschelte sich ins Bett und schloss die Augen.

»Ich denke ich geh dann mal«, sagte Helga.

»Gute Nacht«, sagte Japhet.

Helga schloss leise hinter sich die Tür.

Plötzlich war es sehr still.

»Sem«, sagte Japhet, doch sein Freund atmete bereits ruhig. War er wirklich so schnell eingeschlafen? Japhet knipste das Licht aus, schlich zu Sem ans Bett und betrachtete dessen Gesicht im Schein des Mondes, der sanft durch das Fenster schimmerte. Seit ihrem ersten Aufeinandertreffen im Wald hatte sich Sem verändert. Waren seine blonden Haare dunkler geworden? Länger? Sie hingen ihm wirr über die Augen. Diesen blauen Augen. Normalerweise machte sich Japhet nichts aus Augenfarben, aber Sems waren wirklich einzigartig. Wie von einem Himmelsfalter, hatte Helga einmal gesagt. Da waren sie noch nicht mal befreundet gewesen. Wie lange kannte er ihn jetzt? Zwei, drei Monate? Ihm war als wäre es gestern gewesen. Der Tag an dem Sem in sein Leben geplatzt war, war in vielerlei Hinsicht merkwürdig gewesen. So merkwürdig wie die Szene eben. Japhet zog sein Shirt aus und warf sich ins Bett.

»Nacht«, sagte er und drehte sich noch einmal zu ihm. Dem Jungen ohne Vergangenheit.

Als auch Japhet eingeschlafen war, leuchtete die Münze am Tisch auf und das Loch in der Mitte füllte sich mit Wasser. Auf der nassen Oberfläche tauchten zwei Gestalten auf.

Vino vero

Ein käsiger Mond tauchte die Mauern der Os-Frango-Ausbildungsstätte in fahles Licht. Nichts davon drang durch die zugenagelten Fenster ins Innere des einstigen Internates. Seinem heutigen Reich.

Morsus trieb Aragin im Dunkeln durch die unzähligen Gänge. »Weiter«, zischte er und stieß ihm die Hand in den Rücken.

Aragin fiel auf die Knie. »Aaargh.«

»Auf«, befahl Morsus, der den Weg auswendig kannte. Wie oft war er als Kind die Gänge entlang geschlichen, auf der Suche nach einem geeigneten Versteck, einem Schlupfwinkel? Doch nirgends war er vor den Lehrern sicher gewesen. Nie war er ihren Schlägen entkommen. Er ballte eine Hand zur Faust. Die Fingernägel bohrten sich ins eigene Fleisch.

»Willkommen in der Os-Frango-Ausbildungsstätte.« So hatte ihn Bruno Hocke empfangen. Der Direktor. Dieser Teufel hätte genauso gut sagen können: »Willkommen in der Hölle.« Vergitterte Fenster. Verschlossene Türen. Dazu Patrouillen und ein zweieinhalbmeterhoher Stacheldraht, der sich um das gesamte Gelände spannte. Nichts im Vergleich zum CuraNaus. Dort hatte er es wenigstens geschafft abzuhauen.

Doch Hocke und sein Zuchtstock, der an seinem Gürtel hing. Dagegen kam niemand an. Auch einige ältere Jungs hatten das Privileg Zuchtstöcke zu führen, Schläge auszuteilen.

»Nimm das, du Missgeburt!«

Morsus schüttelte die Worte ab, entspannte sich aber erst, als er die Empfangshalle betrat. Nur über den Hintereingang erreichte man sie. Den Haupteingang hatte er eigenhändig zugemauert. Wie befreiend das gewesen war. Der Ort durfte keine Macht über ihn haben.

Nie wieder!

Er spuckte auf den Sarg, der in der Mitte des Raumes auf einem Sockel stand. Frater Schrey, dem er Os-Frango verdankte, lag zuunterst in der Kiste, Bruno Hocke über ihm. Mögen sie auf ewig in der Hölle schmoren.

Morsus schob Aragin zum Sarg. »Rede! Oder willst du den Herren da drinnen Gesellschaft leisten?«

Aragin schwieg.

»Du wirst noch sprechen, glaube mir.« Morsus stieß ihn zu Boden und stellte den Fuß auf ihn.

Wo steckte Linus so lange? Normalerweise war er pünktlich. Im selben Moment hörte er Schritte. *Ah, na endlich.*

Ein dunkelhäutiger Mann, dessen Wampe über den Gürtel seiner Hose fiel, torkelte zu ihm. Sein Bauch hüpfte bei jeder Bewegung wie ein Gummiball auf und ab.

»Roland«, sagte Morsus.

»Stets zu Diensten.«

»Was ist mit Linus?«

Roland grinste. »Genüge ich dir nicht?« Er legte den Kopf schief, was bei dem Nacken, der sich in fetten Wülsten über den viel zu engen Kragen wölbte, grotesk wirkte. »Wen haben wir denn da?«

»Einen alten Freund. Wann kommt Linus?«

»Ich fürchte gar nicht. Frauenbesuch. Er war noch mittendrin, als ich in sein Schlafzimmer platzte und es klang nicht so als ...«

»Schluss!« *So genau wollte er das gar nicht wissen. Dieser Halunke konnte sich auf was gefasst machen.*

Roland kratzte sich den Schädel. Seine Kopfhaut glänzte unter dem soldatisch kurz geschorenen Haar. »Aber ich habe die Tinktur auch ohne seine Hilfe brauen können.« Er reichte Morsus eine kleine Flasche mit einer dunklen Flüssigkeit.

Morsus nahm sie am Hals und betrachtete sie. »Und die wirkt?«

»Hundertprozentig«, antwortet Roland.

Morsus nickte anerkennend.

Roland zog stolz den Bauch ein. Sofern das überhaupt möglich war. Mann oh Mann, fünfzig Kilo weniger, und er wäre immer noch fett. Wann hatte Roland so viel zugenommen?

Morsus kniete sich zu Aragin und schnippte den Korken der Flasche zu Boden. Resolut streckte er ihm das Gebräu entgegen. »Trink!«

Aragin presste die Lippen zusammen.

Morsus lachte. »Wie war das noch gleich? Und bist du nicht willig, so brauch ich Gewalt.« Er liebte diese Stelle aus dem Erlkönig. Schade, dass Goethe ein Gewöhnlicher war.

Er riss Aragins Unterkiefer nach unten und schüttete den Inhalt der Flasche in dessen Mund.

Aragin gurgelte, doch als immer mehr Flüssigkeit kam, schluckte er sie hinunter.

»Weiter, weiter.« Morsus setzte die Flasche erst ab, als der letzte Tropfen Aragins Zunge berührte.

»War das jetzt so schlimm?«, fragte er und ließ Aragins Kopf los. Bewusstlos kippte dieser auf die Seite. Das ging aber schnell. Hoffentlich hatte er ihm nicht zu viel verabreicht.

Roland setzte sich neben Aragin auf den Fußboden und lächelte. »Jeden Moment«, sagte er zu Morsus. »Du wirst sehen.«

Aragin riss die Augen auf.

Sehr schön. Morsus hatte noch keine Erfahrung mit dem Trank gemacht, doch ihm genügte, was er über *Vino vero* wusste. Ein Serum, das einem zwingt, die Wahrheit zu sagen. Was wollte man mehr?

»Hilf ihm auf!«

»Sofort.« Roland rutschte hinter Aragins Kopf, packte ihn unter den Schultern und schob ihn hoch, bis Aragin in aufrechter Position saß mit dem Rücken an Rolands Kugelbauch.

»Wunderbar«, antwortete Morsus und beugte sich zu Aragin. »Und jetzt rede endlich!«

Aragin schlug die Augen auf. Er starrte ihn mit leerem Blick an. Doch er sagte nichts.

Morsus nahm aus seiner Manteltasche den Gegenstand, den er in Aragins Haus gefunden hatte, und hielt ihn Aragin vor die Nase. »Was ist das?«

»Das Rad der Zeit«, antwortete Aragin.

»Wofür soll das gut sein?«

»Um in der Zeit zurückzureisen.«

Morsus lachte. »Humbug. Zeitreisen sind genauso unmöglich, wie Tote wiederzuerwecken.«

Aragin rührte sich nicht.

»Sag mir die Wahrheit!«

»Ähm ...«, mischte sich Roland ein, »unser Freund kann gar nicht anders, als die Wahrheit sagen.«

Morsus fuhr sich mit allen zehn Fingern durch die Haare. Er fixierte Aragins Augen, doch der schien an ihm vorbeizusehen. »Was wolltet ihr damit?«

Aragin antwortete: »Ronko sollte in der Zeit zurückreisen, um dich zu töten.«

»Ronko ist tot.«

»Khan wollte es an seiner Stelle machen«, fuhr Aragin fort.

Morsus lachte. »Ich habe Khan erlöst. Er kann mir ebenfalls nichts mehr anhaben.«

»Er nicht. Sein Sohn schon.«

»Khan hat einen Sohn?« Wieso wusste er nichts davon? »Wo finde ich ihn?« Er packte Aragin am Kragen, zerrte ihn hoch. Roland kämpfte mit dem Gleichgewicht und verlor. Er kippte wie eine Glockenmatroschka nach hinten.

Aragin antwortete gelassen. »In der Vergangenheit. Und es gibt nichts, was du dagegen tun kannst.«

Marek

»Japhet zu mir, der Rest kann gehen.« Pater Pius hustete in die linke Hand während er mit der rechten die anderen Kinder aus der Meranhalle winkte, dem morgendlichen Treffpunkt vor dem Frühstück.

Sie trampelten wie eine Herde Büffel davon. Alle bis auf Helga.

»Du auch, Helga«, sagte der Pater.

»Aber ...«

»Na wird's bald!«

Sie tätschelte Japhets Arm. »Gut. Bis gleich.« Sie lief so schnell in den linken Arkadengang hinein, dass ihr Zopf bei jedem Schritt hart auf ihren Rücken schlug.

Japhet blickte ihr irritiert hinterher.

Die Hände bis auf die Daumen in den Hosentaschen vergraben, starrte er Pater Pius fragend an. Das taten die wenigsten, die meisten senkten den Kopf, wenn der Pater mit ihnen sprach. Nicht weil er der Schulvorsteher war, sondern wegen seiner blauen Gesichtsfarbe, die ihm ein furchteinflößendes Äußeres verlieh. Seine Wangen glichen aufgesprungener Pflaumen. Der Grund war eine Krankheit, worüber der Mönch nie sprach. Seine Miene war ausdruckslos. Was wollte er von ihm? Ging es um ihr gestriges Gespräch?

»Du bist ein Zauberer«, hatte Pater Pius zu ihm gesagt. »Ich hatte ja keine Ahnung.«

Natürlich hatte er die nicht! Schließlich hatte Japhet befürchtet auf schrecklichste Weise gefoltert zu werden, wenn jemand von seinen Fähigkeiten erführe. Das war es zumindest, was ihm Frater Schrey ein Leben lang einge-trichtert hatte. Ex22/17. *Die Zauberinnen sollst du nicht am Leben lassen.* Das Bibelzitat war ihm zu seinem ständigen Begleiter geworden.

»Gut geschlafen?«, fragte Pater Pius.

Japhet runzelte die Stirn. Seit wann interessierte es dem Pater, wie er geschlafen hatte?

Pater Pius lächelte. »Junge, wir müssen reden.«

Japhet zuckte zusammen. So begannen keine guten Ge-spräche.

Pater Pius legte die Hand auf seine Schulter. »Nichts Schlimmes«, beruhigte er ihn.

Japhet wand sich vorsichtig aus dessen Griff.

»Morgen erfahrt ihr, in welche Internate ihr kommt«, fuhr der Pater fort.

Japhet schluckte. »Sie haben gesagt, dass ich nicht auf die Os-Frango komme.«

»So ist es. Du wirst auf eine Schule für Zauberer ge-hen.«

Japhet starrte ihn an.

»Ja die gibt es«, erklärte Pater Pius. »Oder dachtest du, dass du der einzige Zauberer auf diesem Planeten bist?«

Japhet wusste nicht, was er sagen sollte.

»Ich habe mich mit einer dieser Schulen in Verbindung gesetzt und durfte dein Maturum dem Direktor schicken.«

Japhet schluckte. Das Maturum des CuraNaus war das Abschlusszeugnis, eine erste Reifeprüfung. Er biss sich auf die Lippen. »Aber ...«

Wie sollte er Pater Pius erklären, dass Frater Schrey seinen Test manipuliert hatte, dass er nicht der Versager war, für den man ihn halten sollte.

Pater Pius machte eine wegwerfende Handbewegung und sagte: »Sie haben andere Aufnahmekriterien. Der Test ist zweitrangig.«

Japhet atmete auf.

»Morgen im Laufe des Tages wird dich ein Lehrer besuchen, der entscheiden wird, ob du dieses Jahr in diese Schule kommst, oder nicht.«

Japhets Puls schnellte in die Höhe. Dann war die Sache also noch nicht geritzt. Könnte er doch noch auf die Os-Frango kommen?

Pater Pius hob die Arme, wollte sie wohl Japhet erneut auf die Schultern legen, entschied sich im letzten Moment aber dagegen. »Warten wir einfach den Besuch ab. Bis dahin, kein Wort zu niemandem!« Damit verließ er die Halle durch den mittleren Arkadengang.

Japhet trat von einem Bein auf das andere. Er würde Besuch von einem Zauberer bekommen. Morgen! Er sah an sich hinab. Mist. Er musste sich waschen, brauchte schicke Kleider. Nicht die ungebügelten Hemden und Hosen, die sich in seinem Kasten türmten. Am besten etwas mit langen Ärmeln, damit man seine Blutergüsse nicht sah. Die blauen Flecken warfen bestimmt kein gutes Bild auf ihn. Worauf musste er noch achten? Wenn es für Zauberer eine eigene Schule gab, dann musste er unbedingt dorthin.

Er lief zum Speisesaal. Kerzengerade marschierte er zu einem freien Platz am Esstisch. Ignorierte die Blicke der anderen Kinder. Wer wusste schon, dass er ein Zauberer war? Durfte das überhaupt jeder wissen?

Japhet setzte sich an den Tisch, angelte ein Brötchen aus dem Korb und strich Butter und Marmelade darauf. Dann goss er sich heißen Kakao in einen Becher. Plötzlich griff eine Hand über seine Schulter in den Korb.

Japhet wandte seinen Kopf zurück. Marek! Seine durchdringend grünen Augen waren auf Ärger aus. Japhet ignorierte ihn und blickte nach vorn. Marek zog seine Hand mit dem Brötchen zurück und kippte Japhets Kakao um.

Reflexartig rutschte Japhet mit dem Stuhl zur Seite. Doch zu spät. Die heiße Flüssigkeit patschte auf seine Hose.

»Oh, das wollte ich nicht«, sagte Marek gespielt betroffen. Ein paar Plätze weiter lachte Hector, sein pickliger Freund, laut auf.

»Ruhe«, fuhr Marek Hector an. »Das ist nicht witzig.«

Japhet tupfte mit einer Serviette die Hose trocken. Helga erhob sich von ihrem Platz. Japhet schüttelte den Kopf, er würde mit der Situation allein zurechtkommen. Das fehlte noch, dass sich ein Mädchen für ihn starkmachte. Statt Helga anzusehen, betrachtete er die grellen Buttons auf Mareks Flip-Flops. Jetzt steckte man sich die Dinger also schon auf die Sandalen. *Shit Happens* stand auf dem einen, *Fuck you,* auf dem anderen.

»Fuck you«, sagte Japhet leise.

»Hä?«, fragte Marek.

»Ist ja nur Kakao.« Japhet fasste links und rechts die Lehne des Stuhls und erhob sich mit ihm. Doch statt zum

Tisch vor, stieß er sich zurück. Das hintere Stuhlbein landete auf Mareks Fuß.

»Aaauuuuuuuu!« Marek schrie auf, wie die Ferkel im Stall kurz vor der Kastration.

Japhet gab den Stuhl frei. »Wie ungeschickt von mir«, entschuldigte er sich.

Hector sprang von seinem Platz auf, doch Carl war schneller. Er stand bereits hinter Marek, um ihn zu stützen. Führten die beiden einen Konkurrenzkampf? Wer erwies sich als besserer Freund? Carl Dumm oder Hector Dümmer? Carl trug wie immer eine Mütze. Er besaß Mützen in allen möglichen Farben. Heute war sie so rot wie das Blut, das über Mareks nackten Fuß lief.

»Du miese Ratte«, schimpfte Carl, da Marek außerstande war zu sprechen.

»Das war ein Versehen«, sagte Japhet ruhig.

Marek stand mit zusammengebissenen Zähnen auf einem Bein. Als langsam Farbe in sein Gesicht zurückkehrte, zischte er: »Das wird dir leidtun, Morsus.« Er humpelte mit Carl und Hector aus dem Speisesaal.

Japhet zuckte die Schultern, rutschte zum Tisch und begann sein Marmeladebrot zu essen.

Helga setzte sich neben ihn. »Bist du von allen guten Geistern verlassen?« Die anderen Kinder im Refektorium taten so, als wäre nichts gewesen.

»Ist doch nichts passiert«, sagte Japhet.

»Nein? Was, wenn er zu Mutter Henriette muss, oder ... Ich meine ausgerechnet jetzt, wo morgen die Schuleinteilung stattfindet.«

»Kann dir doch egal sein«, antwortete Japhet, doch Helgas Einwand war berechtigt. Bald kam der Lehrer dieser neuen Schule. Und es gab Aufnahmekriterien. Könnte sein Benehmen auf ihn zurückfallen? Japhet schluckte. Er musste lernen, sich zu beherrschen. Gestern die Zwillinge, heute Marek. Arschlöcher gab es wie Sand am Meer. Sie sollten ihm mittlerweile egal sein. Er grapschte in die Schale mit dem Würfelzucker und stand auf. »Ich muss dann. Bis später.« Den Rest seines Frühstücksbrots aß er im Gehen.

Swetlanas Geburt

Die Sonne glitzerte golden über den Strohdächern der Stallungen. Am Himmel zog eine einzige Wolke vorbei. Sie erinnerte ihn an Fuchur, dem Glücksdrachen aus der unendlichen Geschichte.

Langsam ging Japhet zur Pferdebox. Swetlana spitzte die Ohren, kam näher und blähte die Nüstern. Japhet hielt ihr die Hand entgegen. Swetlana tastete sie mit der Oberlippe ab, um zu kontrollieren, ob sich was Fressbares darin befand.

Japhet zeigte ihr den Würfelzucker, den er vom Frühstückstisch stibitzt hatte. »Na los, er gehört dir.«

Swetlana ließ sich das nicht zweimal sagen und schleckte seine Hand ab, bis sie feucht und klebrig war. Japhet streichelte sie zwischen den Augen, in den Ohren, kraulte das schneeweiße Fell. Sie war das schönste Geschöpf auf Erden. Dabei müsste sie als Haflinger eigentlich braun sein. Doch Swetlana war anders. Genau wie er. Und genau wie er war sie ohne Mutter aufgewachsen. Japhet erinnerte sich noch an den Tag, an dem sie geboren wurde. Vor sechs Jahren.

An jenem heißen Sommertag.

»Morsus, Lang, zu mir. Schnell!« Frater Friedrich winkte sie herbei.

Japhet und Gnomi waren mal wieder zu spät zum Stalldienst erschienen.

»Das Fohlen kommt!«

»Jetzt?«, stammelte Gnomi und starrte entsetzt auf Friedrichs oberarmlangen Handschuh. Frisches Blut klebte am Latex.

»Ja, jetzt«, schrie der Mönch gereizt. »Einer holt Mutter Henriette, der andere kommt zu mir«, fuhr er fort.

Gnomi stolperte Richtung Hospital, ohne sich noch einmal umzudrehen. »Ich hol sie, ich hol sie.«

»Hey.« Japhet hob die Hand, doch zu spät. Verdammter Feigling! Nun musste er Frater Friedrich helfen. Dabei war er noch nie bei der Geburt eines Fohlens dabei gewesen.

»Ich brauche einen Eimer mit Wasser«, sagte Friedrich, während er ein Seil um die Beine des Fohlens band, die aus dem Hintern der Stute ragten.

»Wasser, Wasser«, wiederholte Japhet wie ein Mantra und rannte zur Pumpe. Er füllte den Eimer zur Hälfte, da brüllte Friedrich bereits: »Vergiss es. Du musst mir ziehen helfen.«

»Was?«

»Hopphopphopp!«

Japhet rannte mit dem Eimer zu dem Mönch. Wasser spritzte.

»Ruhig, ruhig«, beruhigte Friedrich das Pferd. Es stampfte mit den Hufen, schwitzte. Der Mönch positionierte Japhet vor sich und gemeinsam begannen sie, am Strick zu ziehen.

»Fester!«

Die Stute stöhnte.

»Streng dich an!«

Japhet zerrte so fest, dass ihm der Strick ins Fleisch schnitt. Ich schaff das! Ich schaff ...

Die Spannung ließ mit einem Ruck nach.

Ein rosarotes Bündel plumpste auf das Stroh zwischen die Hinterbeine der Stute. Er streckte die Hand danach aus.

»Bleib weg!«, sagte Frater Friedrich. In seine Stirn gruben sich tiefe Falten.

»Aber ...«, stammelte Japhet. Was immer da am Boden lag, es rührte sich nicht.

»Das, das ist doch nicht normal.« Frater Friedrich starrte auf seinen Handschuh. »Hoffentlich ist es nicht ansteckend.«

Wovon sprach der Mönch?

»Was ist passiert?« Mutter Henriette rannte auf sie zu. Ohne Gnomi. Typisch.

»Totgeburt«, murmelte Frater Friedrich.

»So?« Mutter Henriette packte das Bündel an seinen Hinterbeinen und zog es über einen Querbalken. Kopfüber blieb es hängen.

Japhet schluckte. Was sollte das? Frater Friedrich schien nicht weniger verwirrt.

Henriette nahm den Eimer und kippte das Wasser auf den leblosen Körper.

Das Fohlen schnappte nach Luft und riss die Augen auf. Sie waren blutrot. Mein Gott, es lebte. Japhet lächelte. Sie hatten es geschafft.

Doch die Freude teilte niemand. Zu keiner Zeit.

Die anderen Pferde pufften Swetlana weg und die Mönche überließen sie Gott. Hätte Japhet sie nicht aufgepäppelt, wäre sie gestorben.

Kein Wunder, dass er ein besonderes Verhältnis zu ihr hatte.

Swetlana drehte sich seitlich zu ihm, sodass Japhet ihre Mähne streicheln konnte.

In diesem Moment schneite Leanne um die Ecke. Das Mädchen mit den burschikosen Haaren hätte leicht als Junge durchgehen können, wäre da nicht der Ansatz einer Brust gewesen, der sich über ihrem engen Top abzeichnete.

»Sei auf der Hut«, rief sie. »Marek hetzt alle gegen dich auf. Er sagt, wir müssten zusammenhalten, sonst würde der Zauberer uns alle verhexen.«

Japhet runzelte die Stirn. So viel zum Thema *wer wusste schon alles, dass er ein Zauberer war.* »Warum erzählst du mir das?«

»Nur weil Marek mein Bruder ist, tue ich nicht alles, was er sagt.«

Ach nein! Das waren ja ganz neue Töne. Er starrte in den Himmel. Fuchur hatte sich mittlerweile in eine Vase verwandelt. Oder waren es zwei Gesichter? Passend zu Leanne. »Was willst du?«, fragte er, ohne sie anzusehen.

»Nichts.«

Swetlana wieherte.

Leanne trippelte von einem Bein zum anderen. »Wie geht es Sem?«

Japhet nickte. Daher wehte der Wind. Er klopfte Swetlana auf den Rücken und entfernte sich einen Schritt von ihr. »Warum fragst du ihn nicht selbst?«

»Weil ... könntest du nicht für mich ...«

Japhet verschränkte die Arme am Hinterkopf. Wie ulkig. Die Kleine stand auf Sem. »Ich weiß nicht, was du von mir willst«, sagte er und lief lachend in die Richtung davon, aus der er gekommen war. Die Kieselsteine, die ihm Leanne mit dem Fuß nachschmetterte, verfehlten ihn knapp.

Japhet platze ins Zimmer, als sich Sem gerade die Hose hochzog. »Auch schon wach?«

»M-hm«, gähnte Sem und schlüpfte in das T-Shirt von gestern. Er sah auf die Uhr. »Wo warst du so lange?«

»Frühstücken«, sagte Japhet.

Sem schüttelte den Kopf. »Länger als Gnomi?«

»Ich war noch bei Swetlana.«

Sem setzte sich aufs Bett. »Geht's ihr gut?«

Japhet nickte.

»Na wenigstens etwas.«

»Was?«, fragte Japhet.

»Helga war eben hier. Sie hat mir alles erzählt.«

»Konnte mal wieder nicht ihre Klappe halten, wie?«

»Das ist nicht komisch! Merkst du nicht, wie Marek dich provoziert? Am Ende stecken sie dich doch in die Os-Frango.«

Japhet schluckte. Prima! Musste Sem das jetzt sagen? Wo er gerade nicht mehr daran gedacht hatte. »Übrigens, Leanne lässt dich grüßen.«

Sem lief rot an. »Ähm, danke.«

Japhet schüttelte den Kopf. »Du bist so naiv.«

Sem zeigte mit dem Finger auf sich. »Wieso sagst du das?«

»Sie interessiert sich nicht wirklich für dich.« Leanne war das selbstsüchtigste Gör, das er kannte. Sie tat nichts ohne Hintergedanken. »Vergiss es.« Ein Blick auf die Uhr. »Ich muss los. Pater Pius will, dass wir um neun in der Klasse sind.«

»Warte, ich komme mit«, sagte Sem.

Japhet schüttelte den Kopf. »Du bist krank, klar!«

Sem funkelte ihn wütend an. »Blödsinn. Bei der Schuleinteilung morgen will ich schließlich auch dabei sein.« Sein Tonfall ließ keine Widerrede zu.

»Na dann.« Japhet klopfte ihm absichtlich ein wenig zu fest auf den Rücken.

Sem ging in die Knie. »Auu!«

Dann liefen sie los.

Von Katzen und Mäusen

Pater Pius knallte die Tür ins Schloss. »Ruhe! Die Sommerferien haben noch nicht begonnen.« Sein Gesicht war noch blauer als vor dem Frühstück. Er blieb im Türrahmen stehen und schüttelte den Kopf. »Setzt euch irgendwo hin«, sagte er, da die Hälfte der Kinder im Klassenzimmer herumstanden, sich lässig aus dem Fenster lehnten oder Papierflugzeuge bastelten.

Die Zwillinge Tim und Tom saßen auf dem Lehrertisch.

Pater Pius wandelte, die Hände verschränkt, durch die Klasse. Als er nach vorne kam, packte er je ein Ohr der Zwillinge und zog sie hoch. »Runter da, sofort!«

Die Beiden machten ein beleidigtes Gesicht und quetschten sich neben Christopher. »Von wegen *irgendwo.*«

Ob man Dummheit an der Größe der Ohren messen konnte?

Da entdeckte Pater Pius Sem. »Solltest du nicht im Bett sein?«

»Mir geht's gut«, versicherte Sem.

Pater Pius legte den Kopf schief, sagte aber nichts. Er wartete, bis allgemein Ruhe eingekehrt war und trat an die Tafel. »Wie ihr wisst, kommen morgen die älteren Kinder von den Internatsschulen zurück, das heißt, während der nächsten zwei Monate wird's hier wieder etwas enger werden.« Pater Pius nahm ein Stück Kreide in die Hand und hielt es in die Luft. »Auch dieses Mal werden wir in einigen Zimmern Zusatzbetten aufstellen, sodass alle Platz haben.«

Sofort begannen sich die Ersten zu beschweren. Pater Pius fuhr mit der Kreide quietschend über die Tafel, so als hätte er diese Reaktion erwartet. Augenblicklich war es wieder still in der Klasse.

»Jedes Jahr das gleiche«, fuhr der Pater fort.

Wunderte ihn das? Die Zimmer waren ohnehin nicht groß. Wie würde er es finden, seine Zelle mit anderen Mönchen zu teilen? Dabei war es für die Rückkehrer auch nicht angenehm. Nächstes Jahr würden Sem und er es am eigenem Leib erfahren. Dann würden sie auch im Sommer zurück in ein Heim kommen, in dem es eigentlich keinen Platz mehr für sie gab.

Mehrere Hände schnellten in die Höhe.

»Ja, bitte?«

Maria blies sich eine blonde Strähne aus dem Gesicht. »Ich hoffe, das gilt nur für die Jüngeren von uns.«

Andrea stimmte ihr zu. »Ich bin außerdem dafür, dass lediglich die Burschen enger zusammenrücken müssen, denken Sie an unsere monatlichen, ähm, Sie wissen schon.«

Japhet schüttelte den Kopf. Was für eine dumme Ausrede. Warum sollte man mehr Platz brauchen, wenn man die Regel hatte? Dass sie sich überhaupt traute, das vor dem Pater anzusprechen.

Andrea senkte den Kopf. Ihre Wangen glühten.

»Ich kann nicht schlafen, wenn jemand schnarcht«, platze Gnomi heraus.

Christopher presste sich ein Taschentuch auf die Nase. »Und ich ...«

»Schluss damit.« Pater Pius musterte die Klasse, bis auch der Letzte seine Hand zurückgezogen hatte. »Marek, nimm den Kaugummi aus dem Mund.«

Marek machte einen trotzigen Gesichtsausdruck, dem eine widerwillige Schluckbewegung folgte.

»Bevor der Unmut überhandnimmt, es gibt noch keinen fixen Plan für die Zimmeraufteilung. Der folgt, sowie die Schulabgänger auf die Internate aufgeteilt wurden. Ich halte es für sinnvoll, Kinder der gleichen Schulen zusammenzulegen.« Da dem keiner etwas entgegensetzte, fuhr der Pater fort: »Kommen wir zu etwas Erfreulicherem. Auch in diesem Sommer findet auf unserem Rasen ein Fußballmatch statt.«

Allgemeines Murmeln.

»Hast du das gewusst?«, fragte Sem.

Japhet sah ihn entgeistert an. »Du interessierst dich für Fußball?«

Sem zuckte mit den Schultern. »Weiß nicht.«

Während der Pater vom bevorstehenden Turnier erzählte, machte Japhet eine Kopfbewegung nach draußen auf den Fußballplatz. »Jedes Jahr dieselbe Kacke. Unsere Sonnentaler treten gegen irgendwelche Schüler einer anderen Sportschule an.« Er fuhr sich über die Haare und ... Es fühlte sich komisch an. Vor Kurzem hatte er noch einen Pferdeschwanz gehabt. Doch den hatte Frater Schrey abgeschert. Ob er sich an die Stoppeln je gewöhnen würde? Bis die nachwuchsen. Das dauerte.

Genauso wie das Fußballgeschwafel.

Als Pater Pius endlich damit fertig war, trat er zur Tür. »Die Direktoren der Internate werden bei uns zu Mittag essen. Benehmt euch!« Damit verließ er die Klasse.

»Feeeeeerien!«, brüllten einige der Kinder. Japhet blieb auf seinem Stuhl sitzen. Als ob man hier von Ferien sprechen konnte. Okay, es gab keinen Unterricht. Aber sonst? Sie waren immer noch Eingesperrte in einem Kloster. Dieses Jahr war er wenigstens nicht den Schikanen von Frater Schrey ausgeliefert, er musste sich nicht wegen seiner Fähigkeiten verstecken und er hatte Sem an seiner Seite. Ja, doch, zum ersten Mal in seinem Leben freute er sich darauf.

»Was ist?«, fragte Sem. »Bis zum Essen könnten wir ...«

»*Du* kannst überhaupt nichts«, fuhr ihm Helga ins Wort. Sie stand plötzlich neben ihnen und sah Sem besorgt an. Dann wandte sie sich an Japhet. »Wie konntest du ihm erlauben aufzustehen?«

Japhet fehlten einen Moment die Worte. »Ich bin doch nicht sein Aufpasser. Wie kommst du dazu ...«

»Nein wie rührend«, zischte Marek. Er hatte sich von hinten an die drei herangeschlichen. »Ihr seid echt niedlich.«

Helga blitzte ihn wütend an. »Halt die Schnauze, Knox.«

»Uhhh, soll ich jetzt vielleicht Angst kriegen.« Er zeigte abwechselnd auf Sem und Japhet. »Wenn ich du wäre, Ham, würde ich mich von den beiden fernhalten. Die bringen nur Ärger.«

»Und wenn ich du wäre, würde ich mich von *mir* fernhalten. Du hast keine Ahnung, wozu ich fähig bin.« Sie rückte mit dem Kopf immer näher zu seinem. »Japhet hat mir da einen Trick verraten.«

Marek wich einen Schritt zurück.

»Es ist ganz einfach«, hauchte Helga, »als Erstes werde ich deine Testikel auf Erbsengröße schrumpfen lassen, und dann ...«

Marek suchte das Weite.

Japhet sah Helga wie vom Donner gerührt an. »Seine was?«

Sem machte eine Abwärtsbewegung mit dem Kopf und Japhet wusste Bescheid. Helga konnte offenbar richtig witzig sein.

Die Klasse hatte sich in der Zwischenzeit bis auf eine Handvoll Kinder geleert. Tim und Tom zwängten sich gerade gleichzeitig durch die Tür, als Albine zu ihnen herüberstakte, das Mädchen, das von vielen nur Bohnenstange genannt wurde. Japhet hätte sie mit der riesigen Brille und den Gläsern, dick wie Flaschenböden, eher als Heuschrecke bezeichnet. Mit einem Sicherheitsabstand von zwei Metern blieb sie vor Japhet stehen. Aus einem unerfindlichen Grund schien sie immer höllische Angst vor ihm zu haben, dabei hatte er ihr nie etwas getan.

»Ihr seid auf dem besten Weg, die Zukunft zu verändern.«

Sem verdrehte die Augen. »Kryptische Botschaften haben uns gerade noch gefehlt.«

Japhet starrte ihn an. Seit wann so schnippisch? Das sah ihm überhaupt nicht ähnlich. Ob er versucht hatte, nochmal mit ihr über seine Vergangenheit zu reden? Die Dürre wollte angeblich etwas darüber wissen. Leider verstand sie es wie keine Zweite, in Rätsel zu sprechen. Vermischte oft genug Realität mit Fantasie.

»Was willst du?«, fragte Helga. Die beiden teilten sich im Unterricht einen Tisch, doch wie sie zueinanderstanden, wusste Japhet nicht.

»Das möchtest du gerne wissen, nicht wahr?« Albine lächelte, wobei sie ein wenig Zahnfleisch entblößte. »Kennt ihr die Geschichte von der Katze und der Maus?«

Wenn sie auf Tom und Jerry anspielte, ja. Bestimmt gab es aber noch hundert andere Katz- und Mausgeschichten.

»Warum?« fragte Sem.

Falsche Frage!

Unaufgefordert erzählte sie. »Es war einmal eine Maus, die hatte drei kleine Mäuschen. Jeden Tag klaute sie aus dem Haus, indem sie lebte, ein Stück Käse, um es den kleinen zu bringen. Aber im Haus gab es auch eine Katze. Vor der musste sie sich in Acht nehmen. Denn obwohl diese schon alt war und trübe Augen hatte, war sie doch eine Katze.«

Helga rollte mit den Augen. »Ist es nicht etwas zu früh, für die Märchenstunde?«

»Ach kommt, ich bin gleich fertig. Nicht wahr.« Albine räusperte sich und fuhr fort: »Eines Tages geschah das Unausweichliche. Die Katze ertappte die Maus beim Käsestehlen und trat ihr auf den Schwanz. Die Maus jammerte um ihr Leben, erklärte, dass sie drei Kinder habe, die sie versorgen müsse.

Da lachte die Katze und sagte, sie habe nicht vor, sie zu fressen, sie sei Vegetarier.

Die Maus konnte ihr Glück kaum fassen, als die Katze den Schwanz losließ. Von diesem Tag an hatte sie keine Angst mehr und irgendwann nahm sie sogar die Kleinen mit nach draußen. Da fiel die Katze über die Mäusekinder her und verschlang sie alle.

Die Maus weinte, schrie, die Katze habe doch gesagt, sie sei Vegetarier. Diese maunzte und erklärte, dass sie das nur gesagt habe, um auch an die Jungen zu kommen. Wie konnte man auch so dämlich sein? Eine Katze bleibt eben eine Katze. Und damit verspeiste sie die Mäusemutter.«

Helga schüttelte den Kopf. »Das ist eine furchtbare Geschichte.«

»Nicht, nicht wahr?«

Nicht wahr. Das nervte!

»Und warum erzählst du sie uns?«, wollte Sem wissen.

»Die Schrift mag verblasst sein, aber das Kuvert ist noch da.« Sie starrte Sem ausdruckslos an. »Du weißt, wovon ich spreche!«

Japhet wusste es ebenfalls. Sie spielte auf Sems Brief an, den er bei sich hatte, als er ins Heim kam. Ein Brief, den niemand öffnen konnte.

Für Sem zum fünfzehnten Geburtstag. Die Buchstaben auf dem Kuvert waren gestern verschwunden.

Woher wusste Albine das?

Sie sah von Japhet zu Sem, von Sem zu Helga und von Helga zurück zu Japhet. Dann schlang sie die Arme um ihren Körper und rauschte davon. So schnell, als wäre der Teufel persönlich hinter ihr her.

»Albine sollte mal wieder ihre Tassen sortieren«, meinte Helga trocken.

Sem griff in seine Hosentasche und lächelte. Doch das Lächeln erreichte seine Augen nicht. Albine hatte ihnen die Stimmung verdorben. Einen Augenblick später lief Sem ihr nach. Die komische Münze mit dem Loch in der Hand.

In der folgenden Nacht war Japhet wieder sechs Jahre alt. Man hatte ihm gesagt, dass man keine Pflegefamilie für ihn gefunden hätte und er deshalb ins CuraNaus käme. Japhet war nicht sicher, wer oder was das CuraNaus eigentlich war, obwohl im Waisenhaus oft darüber gesprochen wurde. Die Mönche liebten alle Kinder, hieß es von den Ammen. Gott liebte auch alle Kinder. Also standen die Mönche auf der gleichen Stufe wie Gott. Ob sie einen Dornenkranz oder Flügel hatten?

Japhet erfuhr es und war enttäuscht.

Es waren ganz gewöhnliche Männer, ohne Kronen und Zeptern und ihre Kleider waren nicht weiß, sondern braun.

»Dein Zimmer«, sagte einer der Männer. Japhet schaffte es nicht, die ganzen Pater und Frater auseinanderzuhalten. Für ihn sahen alle gleich aus mit ihren Kitteln.

Im Zimmer standen drei Betten und ebenso viele Kästen, drei Stühle, ein Tisch, sonst nichts.

Ein dicker blondgelockter Junge saß am Tisch und schlurfte mit einem Strohhalm an einem Apfelsaft. Er war mindestens zwei Jahre älter als er.

»Das ist Nick«, sagte der Mönch.

»Einen schönen guten Tag, Frater Friedrich«, sagte der dicke Junge überdeutlich. Irgendetwas in seiner Stimme verriet Japhet, dass er es nicht so meinte.

»Ich bin Japhet.« Seine Stimme brach. Warum sah Nick ihn so komisch an?

Nick stand mit dem Saft auf, trank noch einen Schluck und rülpste. Er schlug sich die Hand vor den Mund. »'tschuldigung.«

Japhet glaubte, ihn dahinter grinsen zu sehen. Was hatte Nick vor? Warum kam er zu ihm? Als Nick das Glas kippte, war es bereits zu spät. Apfelsaft breitete sich auf Japhets Jeans aus.

Wie beiläufig stellte Nick das Glas weg. Sein Zeigefinger landete auf Japhets Schritt. »Der Neue hat sich in die Hosen gemacht.«

Der Mönch verpasste Japhet eine Ohrfeige. »Kannst du nicht aufpassen? Zieh dich um und schau, dass du den Fleck raus bekommst!«

Japhet hielt sich die Wange, öffnete den Mund, brachte aber kein Wort heraus.

Der Mönch stapfte aus dem Zimmer. Er murmelte laut vor sich hin: »Hoffentlich macht er nicht ins Bett. Wie oft muss man diesen Leuten noch sagen, dass wir nur reine Kinder nehmen.« Die Tür fiel zu.

Nick lachte, dann zeigte er auf den Boden unter den Tisch. »Da schläfst du.«

Erinnerungsfetzen

Morsus fuhr aus dem Schlaf, riss die Augen auf und starrte verwirrt in die Dunkelheit. Er schnippte mit den Fingern. Zwei Feuerbälle beleuchteten das Schlafzimmer. Die Vorhänge waren zugezogen, sein Schreibtisch aufgeräumt, die Couch voller Kissen. Auf einem davon lag Balou, seine Maine-Coon-Katze, und schnurrte leise. Am Nachttisch stand das Wasserglas, das er sich vor dem Zubettgehen hingestellt hatte und das er nun in einem Zug leerte. Er fuhr sich mit dem Handrücken über den Mund.

Warum erinnerte er sich an Dinge, an die er seit Jahren nicht gedacht hatte? Träumte sogar davon?

Wegen Aragin und dessen haltloser Behauptung, jemand wäre in der Zeit zurückgereist, um ihn zu vernichten? Als ob das möglich wäre.

An Weiterschlafen war nicht mehr zu denken. Er stand auf, streichelte Balou und ging ins Bad. Ließ Wasser ins Waschbecken laufen, blinzelte. War das sein eigenes Kindergesicht, das ihm da aus dem Spiegel entgegenblickte?

Unmöglich. Er durfte sich nicht verrückt machen lassen. Musste endlich wieder einmal durchschlafen.

Er tauchte das Gesicht ins Waschbecken. Besser.

Trotzdem brauchte er Gewissheit. Auch wenn Aragin in seinem verkalkten Gehirn alles durcheinandergebracht hatte, diesen Jungen gab es wirklich. Er hatte ihn gesehen. Für ein paar Sekunden. Wo immer Khans Sohn jetzt steckte, er musste ihn finden. Erst dann würde er wieder schlafen können. Seine Faust zertrümmerte den Spiegel. »Ich finde dich, Bürschchen. Glaub mir!«

Die Schuleinteilung

Sie kamen mit Bussen. Einunddreißig Schüler, alle zwischen fünfzehn und siebzehn Jahre alt. Wie jedes Jahr wurden sie von ihren Direktoren begleitet, die vorne am Mittagstisch Platz nahmen.

Bruno Hocke, der Leiter der Os-Frango-Ausbildungsstätte schnippte einen Krümel von seinem Stuhl, ehe er sich setzte. Japhet starrte ihn an. Ihre Blicke trafen sich. Hocke lächelte und fuhr sich über seine Soldatenfrisur. Gefiel ihm sein Haarschnitt? Japhet biss die Zähne zusammen. Du kriegst mich nicht!

Hocke drehte sich zu Yuji Okazaki um, den Direktor der Westlich Eisenhut. Doch dieser hing an den blutroten Lippen von Lydia Novak.

Die Direktorin des Adele Baumgartner Internats schüttelte alle paar Sekunden ihre blonden Locken, als wolle sie lästige Insekten vertreiben. Wem wollte sie gefallen? Oder war das ein Tick?

Der Vierte im Bunde, Nigel Van Steklenburg, verhielt sich ruhig. Wahrscheinlich, weil die Sonnentaler unter seiner Leitung schon seit Jahren keine nennenswerten Leistungen erbrachten.

»Ich bin froh, sie im CuraNaus begrüßen zu dürfen«, sagte Pater Rubens, der Prior des Klosters. Zum Glück ließ sich der nur alle heiligen Zeiten blicken. Er setzte sich zu Pater Pius und den Direktoren. An der Wand standen Frater Teo, Frater Benedikt und alle anderen Mönche. Sie trugen ihre schönsten Kutten, und die von Frater Cornelius war sogar sauber.

Nur Volker fehlte. Der junge Novize, der die Adele Baumgartner vorzeitig abgeschlossen hatte und Mönch werden wollte.

Der große Eichentisch in der Mitte des Refektoriums war um fünf Tische erweitert worden. Daniel, Mark, Michael, Linda, Patricia ... Manche waren gewachsen, andere hatten sich kaum verändert.

»Wer ist der Dicke mit den blonden Haaren?«, fragte Sem plötzlich.

Japhet bemerkte erst jetzt, dass er angestarrt wurde. Von Nick! Spontan fiel ihm der Traum von letzter Nacht wieder ein. »Das willst du nicht wissen.« Er starrte Nick in die Augen, wollte, dass der den Blick zuerst abwandte.

Irgendwann tat er es. Doch zuvor bleckte er die Zähne zu einem Lächeln.

Verglichen mit Nick waren Marek und seine Freunde Chorknaben. Mittlerweile musste er hundertfünfzig Kilo wiegen und brauchte zwei Stühle, um sitzen zu können. Seine Haare waren so hell und kurz, dass sein Kopf aus der Entfernung kahlgeschoren wirkte. Er war siebzehn und zum letzten Mal den Sommer über im CuraNaus. Speichel floss ihm über das Kinn. Zwei Monate noch und Japhet war ihn los. Für immer.

Das Mittagessen wurde serviert. Pater Rubens erhob sich zum Gebet. Die anderen folgten seinem Beispiel.

»Herr wir leben von deinen Gaben. Segne dieses Haus und segne das Brot.« Er breitete die Hände über dem Tisch aus. »Gib uns ins Herz, von dem, was wir haben, andern zu geben in Hunger und Not.«

»Amen.« Alle setzten sich.

»Langt zu«, sagte Frater Ignatius, der Koch. Er hatte sich Mühe gegeben, denn das Essen schmeckte besser als sonst.

»Der Dicke streckt ständig die Zunge heraus«, sagte Sem. »Irgendetwas stimmt mit dem Kerl nicht.«

An Nick stimmte einiges nicht, doch Japhet wollte nicht über ihn sprechen. Nicht jetzt.

»Iss weiter«, sagte er.

Nick schubste Christopher, der das Pech hatte neben ihm zu sitzen.

Ein Löffel Suppe patschte auf sein Hemd.

»Kannst du nicht aufpassen. Du Ferkel!«, schimpfte Nick überlaut.

Ohne sich zu beschweren, verschmierte Christopher mit einer Serviette den Spritzer. »Tut m-m-mir leid.«

Die anderen Kinder neben ihm taten so, als hätten sie nichts gehört, nichts gesehen.

Sem runzelte die Stirn, doch Japhet schüttelte nur leicht den Kopf. Nicht einmischen!

Er atmete tief durch. Nick hatte sich kein bisschen verändert. Unter dem Tisch ballte Japhet eine Faust. Es war nur eine Frage der Zeit, bis sie wieder zusammenkrachen würden. Doch diese Mal würde er sich verteidigen! Er musste keine Angst mehr haben. Zudem war er stärker geworden. Sollte Nick kommen. Er würde ihm das Genick brechen!

Nach dem Mittagessen bat man sie zur Schuleinteilung in die Festhalle. Einige der jüngeren Kinder blieben vor der Tür stehen.

Leanne tätschelte den Arm ihres Bruders. »Viel Glück!« Dann drehte sie sich zu Sem. »Dir auch.«

Sems Wangen glühten. »Danke.«

Marek funkelte Sem an, sagte aber nichts.

Was hatte Leanne vor? Mit Sem anbandeln? Vor den Augen ihres Bruders? Als ob dieser Sem nicht schon genug hasste.

Zeit, um darüber zu sprechen, blieb ihnen nicht. Die Tür der Festhalle fiel ins Schloss. Mit einem Mal war es still im Saal.

»Es ist so weit. Gleich erfahrt ihr die Internate, auf die ihr im Herbst kommen werdet.« Pater Pius zeigte zu den Lehrern, einer in jeder Ecke des Raumes. Daneben lehnten oder saßen ihre Schüler. Neben Hocke standen nur zwei Typen, kerzengerade, die Schultern nach hinten gepresst. Nick und B5. Wo steckte Roland? Der afroamerikanische Junge wurde vor zwei Jahren in die Os-Frango-Ausbildungsstätte gesteckt, doch Japhet hatte ihn seither nie wieder gesehen.

Da er kurz vor dem letzten Sommer wiedermal ausgerissen war, wusste Japhet nicht, ob Roland damals schon gefehlt hatte. Wahrscheinlich, denn keiner äußerte sich über seinen Verbleib.

»Die Direktoren geben nun die Namen ihrer zukünftigen Schüler bekannt. Stellt euch zu Ihnen, wenn ihr aufgerufen werdet.«

Nigel Van Steklenburg machte den Anfang. »Ich darf dieses Jahr bei mir drei Schüler begrüßen. Beginnen wir mit Simon.« Alle schienen überrascht, nur Gnomi nicht.

»Wusst ich's doch«, sagte er und hechtete zu den Sonnentalern.

»Gnomi kann ja laufen«, flüsterte Sem.

Japhet grinste. »Dabei gibt es gar nichts zu futtern.«

»Als nächstes ... Sem.«

Sem klappte die Kinnlade herunter.

»Tu doch nicht so überrascht.« Japhet schubste ihn. »Keiner schwimmt schneller.«

»Zu guter Letzt. Marek. Willkommen, willkommen.«

Marek machte eine Abwärtsbewegung mit der Faust. »Strike«, sagte er und gesellte sich zu Van Steklenburg und den Sonnentalern. Sem warf er einen giftigen Blick zu.

»Machen wir gleich weiter mit dem Adele Baumgartner Internat«, sagte Pater Pius.

Lydia Novak lächelte zuckersüß. »Gordon, Rafik und Helga, bitte zu mir.«

Die Drei sprangen auf und liefen zu Frau Novak. Helga stellte sich wie in Trance mit einem breiten Lächeln im Gesicht zu den Schülern des Adele Baumgartner Internats.

Japhet freute sich für sie. Ganz ehrlich! Sie hatte es verdient. Hätte sie es nicht auf das Internat geschafft, wäre sie den ganzen Sommer unausstehlich gewesen. War sie traurig darüber, dass Sem nicht mit ihr auf dieselbe Schule ging? Insgeheim hatte sie das sicher gehofft.

Andrea jedenfalls machte ein Gesicht, als hätte sie sich Honig in einen hohlen Zahn geschmiert.

»Die restlichen Schulabgänger, Albine, Andrea, Carl und Hector werden sich im Westlich Eisenhut Internat wohlfühlen«, sagte Pater Pius.

Yuji Okazaki breitete seine kurzen Arme aus, als wolle er alle vier darin einschließen. »Sön, sön, kommt nur sön zu mir her.«

»Wie versprochen landet dieses Jahr niemand in der Os-Frango-Ausbildungsstätte.«

Hockes Gesichtsmuskeln zuckten über Pater Pius' letzte Bemerkung.

Andrea verschränkte trotzig die Arme vor der Brust. »Ich bin eine Vorzugsschülerin. Im Eisenhut bin ich unterfordert.«

»Du Ärmste«, stichelte Carl.

»Ich will auch nicht in den Eisenhut«, platze Hector heraus. Alle starrten ihn an.

Hatte Hector wirklich gehofft, mit Marek auf die Sonnentaler zu kommen? Dafür war er zu langsam - in allem! Zeit, sich von Marek zu verabschieden. Tat ihm vielleicht ganz gut.

»Ich möchte lieber in die Os-Frango-Ausbildungsstätte.«

Japhet verschluckte sich beinahe an seiner eigenen Spucke.

Hocke grinste als hätte er einen Kleiderbügel im Mund. »Dagegen ist nichts einzuwenden.«

Nick und B5 liefen auf ihn zu. Sie nahmen ihn freundschaftlich in ihre Mitte.

»Gute Entscheidung, Mann«, sagte Nick und klopfte ihm auf die Schultern.

Japhet wusste gar nicht, dass so etwas möglich war. Bisher hatte niemand *freiwillig* die Os-Frango gewählt.

Marek zeigte mit dem Kinn auf Japhet. »Hey, ihr habt den Zauberer vergessen. Hat sich keine Schule gefunden, die seinen *hohen* Ansprüchen gerecht wird?« Von einer Sekunde auf die andere war es im Saal so ruhig, dass man eine Stecknadel hätte fallen hören können.

»Ganz im Gegenteil.« Im Türrahmen lehnte ein Mann. So unauffällig wie ein weißer Klecks auf einem weißen Blatt Papier. Sein Gesicht war weder besonders hell noch nennenswert gebräunt und wies keine Narben, Pickel oder Ähnliches auf. Seine Haare und Augen waren braun, die Sachen, die er anhatte, schlicht, aber nicht schäbig. Er trug keine Brille, keinen Schmuck, keinen Bart, hatte keine abstehenden Ohren oder eine schiefe Nase. »Japhet Morsus«, sagte er. »Komm zu mir.«

Japhet zuckte zusammen. Sem warf ihm einen Blick zu, den er nicht deuten konnte. Japhet machte einen Schritt auf den Unbekannten zu.

»Keine Angst.«

Im Saal war es immer noch mucksmäuschenstill.

Japhet blieb vor dem Mann stehen.

»Japhet wird auf eine Schule namens Zokling gehen«, sagte der Mann. Dann streckte er ihm die Hand entgegen und stelle sich vor. »Spencer Spectable.«

Japhet schüttelte sie.

Spectable lächelte. »Du hast einen festen Händedruck, Junge.« Er wandte sich an Pater Pius. »Da die Einteilung vorbei ist, wird niemand etwas dagegen haben, wenn wir eine Runde spazieren gehen.« Er schob Japhet voran, ohne auf eine Reaktion von Pater Pius zu warten. Die Tür fiel lautlos hinter ihnen zu.

Spencer Spectable

Spectable führte ihn durch die Klostergänge in ein leeres Klassenzimmer. »Hier sind wir ungestört«, sagte er und schloss die Tür.

Japhet sah ihn erwartungsvoll an. Er hatte so viele Fragen. Was hatte es mit seinen Fähigkeiten auf sich? Woher kamen sie? Welche gab es?

Endlich konnte er mit jemandem darüber reden. Ohne Angst. Selbst Sem gegenüber war er zurückhaltend gewesen, hatte das Gefühl, dass es Sem unangenehm war, wenn er zauberte. Fast unheimlich.

Spectable zeigte auf Japhets Füße. »Zieh dir bitte die Schuhe und Socken aus!«

Japhet runzelte die Stirn. Seine Socken ausziehen? Wozu?

»Nun mach schon Junge, ich habe nicht ewig Zeit.«

Japhet schluckte. Wenn das ein Scherz war, fand er ihn nicht komisch. Ausgerechnet seine Füße! Die Zehen. Vier statt fünf. Er schämte sich dafür. Logo. Im Sportunterricht war er deshalb oft genug verspottet worden. *Vorsicht, der Spast kommt!*

Hatte Spectable von den missgebildeten Zehen gehört und wollte sich nun sein eigenes Bild machen?

Das fing ja gut an.

Besser er brachte die Sache schnell hinter sich. Japhet schlüpfte aus den Schuhen und zog sich die Socken aus. »Zufrieden?«

Ein Lächeln huschte über Spectables unscheinbares Gesicht. »Oh ja. Du bist tatsächlich einer von uns.«

»Sie sind nicht schockiert?«

»Ich bin erleichtert«, sagte Spectable. »Du hättest genauso gut ein Gmaf sein können. Davon gibt es genug. Und bevorzugt in Heimen.«

»Wovon?«

»Gmaf. Gewöhnliche mit außergewöhnlichen Fähigkeiten. Mit *uns* nicht im geringsten vergleichbar. Aber darüber brauchst du dir nicht den Kopf zerbrechen, deine Zehen weisen dich als waschechten Zauberer aus. Im Gegensatz zu den Gewöhnlichen haben wir nur vier Zehen.«

»Sie meinen ...« Japhet starrte einen Moment auf Spectables Füße. »Sie haben auch nur ...«

»Alle Zauberer. Ja!« Spectable klappte eine dünne Mappe auf.

Japhet schielte auf den Umschlag. Konnte seinen Namen lesen. Waren das *seine* Dokumente? Hatten die Mönche Spectable diese einfach so ausgehändigt?

»Den Unterlagen entnehme ich, dass deine Mutter Danielle Morsus hieß. Sie starb, als du noch klein warst.«

Damit erzählte er nichts Neues. Auch wenn Japhet sich nicht an seine Mutter erinnerte, schmerzte es, ihren Namen zu hören. Sie hatte angeblich schwere Depressionen und starb an einem Medikamentencocktail. Sie hinterließ nichts. Kein Haus, keine Wohnung, kein Auto, nicht eine Mark. Nur einen dreijährigen Jungen. Japhet blieb nichts als ihr Name.

»Von einem Vater steht hier nichts.«

Japhet hatte keine Ahnung, wer sein Vater war.

»Danielle«, murmelte Spectable. Japhet entging nicht, wie Spectable ihren Namen aussprach.

»Kannten Sie meine Mutter?«

Spectable lächelte. »Ob ich sie kannte? Ich habe sie sogar unterrichtet.«

Japhet traute seinen Ohren nicht. Würde er nach so langer Zeit endlich etwas über seine Mutter erfahren, mehr als nur diese steckbriefartige Zusammenfassung der Mönche?

Spectable, der wohl Japhets Gedanken durchschaute, schüttelte bedauernd den Kopf.

»Ich kann dir leider nicht viel sagen. Sie war eine gute Schülerin, doch das ist lange her. Wir haben sie nach ihrem Abschluss aus den Augen verloren. Niemand wusste, dass sie einen Sohn hat.« Spectable klappte die Mappe zu.

Japhet schwieg. Hätten sie ihn sonst eher kontaktiert? Er wollte mehr erfahren, doch Spectable schien Japhets Familiengeschichte nicht näher vertiefen zu wollen. Also hielt er die Klappe. Vorerst.

Spectable räusperte sich. »Nun gut. Dann zeig mir mal, was du alles kannst?«

Japhet straffte den Rücken, ließ sich nicht lange bitten. Er schnippte mit dem Finger und eine kleine Flamme knisterte einen halben Zentimeter über seinem Daumen.

»Hübsch«, sagte Spectable.

Japhet lächelte. Das war noch nicht alles! Er konzentrierte sich und brachte auch die anderen Finger zum Brennen.

Spectable riss die Augen auf.

Erstaunt? Japhet schleuderte die Flammen an die Wand, wo sie rückstandslos verpufften.

Spectable inspizierte die Mauer. »Ausgezeichnet. Ich bin beeindruckt.« Er schwieg einen Moment, dann fragte er: »Kannst du das wiederholen!«

Japhet nickte, tat wie gewünscht.

»Du bist sehr geschickt.« Spectable massierte sich mit Daumen und Zeigefinger das Kinn. »So etwas sieht man bei einem Unausgebildeten selten.« Er ging zum Waschbecken, füllte ein Glas mit Wasser und reichte es Japhet. »Durstig?«

Japhet nickte. Woher wusste er das?

»Beim Zaubern verlieren wir Energie. Deshalb ist es wichtig, viel zu trinken.

Japhet leerte das Glas in einem Zug.

»Was kannst du noch? Schon mal versucht, heiße Kohlen anzufassen?«

Japhet schüttelte den Kopf. »Aber ich kann Dinge bewegen, ohne sie zu berühren.«

»Wie meinst du das?«

Japhet stellte das Glas weg und nahm eine Kreide. Dann drückte er sie an die Tafel. Vorsichtig ließ er los und trat einen Schritt zurück. Die Kreide blieb an der Tafel haften. Er konzentrierte sich, ließ sie auf und ab bewegen und schrieb das Erste, das ihm in den Sinn kam: *Sem*.

Spectable blinzelte. »Luft«, hauchte er. »Feuer *und* Luft. Ich muss ..., das muss ich ...« Er ging zum Fenster und öffnete es.

»Was ist?« Japhet biss sich auf die Lippen. Hatte er etwas Falsches gesagt? Etwas Falsches *getan*? Gab es Dinge, die tabu waren? Quatsch. Er war ein Zauberer. Warum sollten sie ihn nicht wollen?

Spectable schwieg mehrere Minuten, dann drehte er sich endlich um. »Mit Feuer und Luft beherrschst du zwei Elemente. Nur eine Handvoll Zauberer ist dazu in der Lage.«

Japhet sah ihn ratlos an.

Spectable knetete seine Hände. »Du musst wissen, es gibt nicht viele Zauberer, da wir uns nur untereinander vermehren können. Es ist nicht möglich, mit Gewöhnlichen Nachkommen zu zeugen.«

»Oh.« Japhet nickte. »Und wie viele Zauberer gibt es?« Der Fortpflanzungsprozess interessierte ihn nicht.

»Eine Schule in jedem Land reicht aus, um unsere Kinder zu unterrichten. In Deutschland befindet sich eine der größten Schulen Europas. Sie nennt sich Zokling und steht in Berlin. Für gewöhnlich erlernen die Nachkommen erst dort ihre Fähigkeiten einzusetzen, darum wundert es mich, dass du bereits so geübt bist.«

Japhets Wangen glühten. So viel Lob war er nicht gewohnt.

Spectable musterte Japhet von Kopf bis Fuß. »Um es kurz zu machen. Zauberer sind in der Lage die Elemente zu beherrschen. Also Feuer, Luft, Wasser und Erde. Ich zum Beispiel bin ein Luftzauberer.« Er hob sein Kinn. »Ein Luftzauberer des achten Grades, wohlbemerkt. Je geübter, desto höher der Grad. Jedenfalls kommt es nur alle Jahrhunderte ein- zweimal vor, dass ein Nachkomme sowohl das Element der Mutter als auch das des Vaters in sich trägt. Derzeit bekannt ist mir nur unser geschätzter Direktor von Zokling, der ein Wasser- und Erdzauberer ist. Es sind die einzigen beiden Elemente, die bisher gemeinsam weitervererbt wurden, wahrscheinlich, weil sie ähnlich einsetzbar sind und zu den kalten Elementen gehören.«

Nun war es Japhet, der den Atem anhielt.

»Von einem Zauberer, der die beiden warmen Elemente beherrscht, habe ich noch nie etwas gehört. Und schon gar nicht von einem so jungen. Du bist ein Wunderkind.«

Japhet öffnete den Mund. Und schloss ihn wieder. Hatte er Spectable richtig verstanden? Normalerweise beherrschte ein Zauberer *ein* Element, er aber *zwei*? Zwei, die bisher nicht unter einem Hut zu bringen waren?

Wie krass war das denn?

Nomen est omen

»Nichts.« Roland war drauf und dran die Treppe runterzukugeln. »Nicht den klitzekleinsten Hinweis auf seinen Namen.«

Morsus schüttelte den Kopf. Alles musste man selber machen. Er stand in der Küche der Khans und blickte sich um. Nichts ließ darauf schließen, dass hier vor Kurzem ein Kampf stattgefunden hatte. Ein Kampf, den keiner von Khans Männern überlebt hatte. Morsus' Anhänger hatten wie immer saubere Arbeit geleistet, auch wenn sie sich die Aufräumarbeiten langsam sparen konnten. Es war Linus, der ihnen immer wieder einredete, dass man Häuser sauber verlassen müsste. Sonst bringe das Unglück. Leichen ließe man nicht zurück, andernfalls würden sie als Zombies wiedergeboren. Das war natürlich Quatsch, denn Zombies gab es genauso wenig wie Vampire, Werwölfe und Feen, aber keiner schaffte es, Linus vom Gegenteil zu überzeugen. Nun ja, es gab Wichtigeres.

Morsus lehnte sich an den Ofen. Auf der Herdplatte klebte ein Topf, in dem eine ranzige Flüssigkeit schimmerte. Zu dieser Mahlzeit waren die Khans nicht mehr gekommen. Am Esstisch stand eine Vase mit längst verwelkten Gartenblumen. Marigold, Jasmin und Rosmarin. So schöne Namen! Nur leider nicht die richtigen. Es war der Name des jungen Khans, den er brauchte.

Je schneller, desto besser.

»Wie geht es jetzt weiter?«

Ah, Roland war endlich die Treppe heruntergekommen.

Morsus zeigte durch eine offene Tür ins Wohnzimmer.

Bücherregale an jeder Wand.

»Vielleicht findest du in einem der Bücher eine Widmung.«

»Ich soll die alle durchblättern?«, fragte Roland. Es waren mindestens fünfhundert.

Morsus verdrehte die Augen. »Nein zehn reichen. NATÜRLICH ALLE!«

Roland machte sich sofort an die Arbeit.

Eigentlich wurde Morsus selten laut, schon gar nicht bei Zauberern, seinen Freunden und Verbündeten. Aber er brauche diesen Namen. Unbedingt!

Morsus stieg die Stufen nach oben. Auch wenn er auf Rolands Fähigkeiten vertraute, möglich, dass er etwas übersehen hatte. Er schritt über den Teppich so lautlos wie an dem Tag, an dem er das erste Mal hier gewesen war. Die Tür zum Schlafzimmer der Khans lag vor ihm, sie war aus den Angeln gerissen. Ob der Junge damals im Zimmer war, als er dessen Eltern tötete? Wo hatte er sich versteckt? Hinter den Vorhängen? Unter dem Bett? Im Schrank?

Die mittleren Türen standen offen. Hier hatte er sich also verkrochen und womöglich alles mit angesehen. Gut so. Er sollte ruhig wissen, was Verrätern blühte.

Er ging zu dem Nachtschränkchen neben dem Bett und entdeckte das Bild darauf. Wie hatte er das übersehen können? Vater, Mutter, Kind. KIND! Verdammt noch mal. Viel offensichtlicher ging es nicht. Na immerhin wusste er nun, wie der Junge aussah. Blond und blauäugig. Genau wie sein vermaledeiter Vater. Er zerschlug das Glas und steckte das Foto in seine Tasche. Dann durchstöberte er systematisch jede einzelne Lade.

Nichts!

Schenkte man seinen Eltern nichts zum Geburtstag? Zum Muttertag? Unterzeichnete man solche Dinge nicht? Es war zum Verrücktwerden. Er hatte es sich als einen Spaziergang

vorgestellt. Was war einfacher als einen Namen herauszube-
kommen? Einen Namen, der zwar in keiner Geburtsurkunde
erfasst war, aber trotzdem ...

So schwer konnte das doch nicht sein. Aragin hätte ihn ge-
wusst. Aber er hatte versäumt, ihn danach zu fragen. Er hatte ja
auch nicht damit gerechnet, dass der gleich tot umkippen würde.

Irgendetwas lief hier gerade mächtig schief. Er verließ das
Schlafzimmer und ging ins Kinderzimmer. Penibel aufgeräumt.
Das Bett gemacht. Die Kastentüren geschlossen. Keine Spielzeu-
ge oder Kleider am Boden. Keine Poster an den Wänden.

Wow. War das wirklich ein Jungenzimmer? Kein Dreizehn-
jähriger scherte sich um Ordnung. Also entweder hatte hier die
Mutter ständig hinterhergeräumt, oder aber der Typ war eine
verdammte kleine Memme. Ja, das traf wohl auf das Bürschchen
zu. Und so jemand sollte ihm gefährlich werden? Lächerlich!

Trotzdem durchsuchte er auch hier jede Schublade, jeden
noch so kleinen Gegenstand. Null!

»Morsus, ich habe was gefunden.« Rolands Stimme.

Endlich! Er eilte die Treppe hinunter.

Der Anblick des Wohnzimmers hätte jeder Leseratte das Herz
gebrochen. Ein Berg zerrissener Bücher füllte den halben Raum.

Musste das sein? Morsus fand das ziemlich stümperhaft.

»Für S.K.«, sagte Roland. »Initialen, die weder zum Vater
noch zur Mutter passen.«

Er ließ sich die Enttäuschung ansehen. »Und damit soll ich
etwas anfangen? Da fallen mir auf der Stelle zwanzig Namen
ein. Wahrscheinlich gibt es zweihundert.« Von Sascha bis Sylvio
war alles möglich. Wenn es sich überhaupt um die Initialen des
Jungen handelte. Das war kein Hinweis, das war nichts.

Er schüttete den Kopf. Hier vergeudete er nur seine Zeit. Es musste einen anderen Weg geben, diesen Namen herauszubekommen. Irgendwie. Denn dank des magischen Buches, das sich in seinem Besitz befand, konnte er jeden Menschen orten. Doch dazu brauchte er erst einmal den Namen. Hatte er diesen, so hatte er auch den Jungen.

Koste es was es wolle; er würde Khan finden und ihm einen Wunsch erfüllen. Was könnte sich das Kind auch mehr wünschen, als bei seinen Eltern zu sein?

Tommas und Richard

»Jetzt sag schon.« Sem galoppierte ungeduldig mit den Fingern über den Tisch.

Japhet stand wie angewurzelt im Türrahmen. Hatte Spectable wirklich gesagt, er sei ein Wunderkind? Er schob mit dem Fuß einen Koffer zur Seite und schloss die Tür. »Wem gehört das Gepäck?«

Sem unterbrach sein Fingerspiel und zeigte auf das Zeugs am Boden. »Du hast die Zimmereinteilung verpasst.« Er klang wütend.

»Wen haben sie uns zugeteilt?«

»Zwei Sonnentaler, Tommas und Richard.«

Japhet verzog das Gesicht. Richard war ihm egal. Aber Tommas. Diesen Schmarotzer! »Naja, wenigstens nicht Nick und B5.«

»B5?«, grummelte Sem.

»Der andere Junge aus Os-Frango.«

»Warum nennst du ihn so?«

»Blond, blauäugig, blöd, Boris Böhm«, trällerte Japhet.

Sem lächelte nicht. Breitbeinig stellte er sich vor Japhet. »Wusstest du das mit der Schule?«

Japhet nickte.

»Und warum hast du mir nichts erzählt?«

Ah, deshalb benahm er sich so komisch. Aber was hätte er tun sollen? Er konnte es ihm nicht sagen. Durfte nicht!

Ohne den Blick zu senken, fuhr Sem fort. »Als du sagtest, dass du nicht auf die Os-Frango kommst, dachte ich ...«

Was? Dass er auf die Sonnentaler käme? Nach Westlich Eisenhut? »Pius hat mir verboten, irgendjemanden von der Schule zu erzählen«, unterbrach Japhet ihn.

»Und du hältst dich ja immer an das, was Pius sagt.«

»Wo liegt dein Problem?«

Sem öffnete den Mund und schloss in wieder. »Wenn ich das wüsste«, sagte er plötzlich. »Tut mir leid.«

Japhet stutzte. Ob diese Stimmungsschwankungen mit Sems Kopfverletzung zu tun hatten?

»Ich bin einfach enttäuscht, weil du mir nichts gesagt hast.« Sem räusperte sich. »Ist dieser Spectable einer deiner zukünftigen Lehrer?«

Themenwechsel. Sems Methode, das Gespräch in eine andere Richtung zu lenken. Ihm sollte es Recht sein. »Denke schon. So genau haben wir das nicht besprochen.

»Was dann?«

»Zum Beispiel das Zokling die einzige Schule für Zauberer in ganz Deutschland ist. Sie steht in Berlin.«

Sem riss die Augen auf. »So weit weg?«

Es kam noch dicker. Kurz bevor sich Spectable von ihm verabschiedet hatte, hatte er ihm ein Angebot gemacht. Ein sehr verlockendes. »Spectable sagte, ich kann dort zu einer Familie in Pflege gehen.«

Sem schnappte nach Luft.

»Ich hab gesagt, dass ich mich im CuraNaus sehr wohl fühle.« Wie sich die Dinge änderten. Vor wenigen Tagen hatte er das noch ganz anders angesehen.

Sem entspannte sich. »Ich dachte schon ...«

Japhet wuschelte ihm durch die Haare. »Was?«

»Ich hätte es verstanden«, murmelte Sem. »Nach allem, was du durchgemacht hast.«

»Und wer passt dann auf dich auf?« Es war keine ernst gemeinte Frage aber sie erfüllte ihren Zweck. Sem lächelte.

»Er hat mir dieses Buch gegeben.« Japhet hielt es ihm vor die Nase. *Geschichte der Zauberei.*

»Oho, Hausaufgaben«, sagte Sem. »Hast du ihm nicht gesagt, wie du dazu stehst?«

»Noch kann ich mir das mit der Pflegefamilie überlegen.«

»Und worüber habt ihr noch gesprochen? Jetzt lass dir doch nicht alles aus der Nase ziehen.«

»Ähm, naja, nicht viel.« Japhet wollte Sem mit seinen Fähigkeiten nicht erschrecken. Ginge es nach Spectable, sollte er mit *überhaupt* keinem Gewöhnlichen darüber sprechen. Nie!

Er starrte zu Boden, da fiel ihm doch etwas ein. »Er hat sich meine Füße angesehen.«

»Wieso? Was ist damit?«

»Das weißt du nicht?« Waren die Zeiten vorbei, in denen sich die anderen darüber lustig machten? Hinter seinem Rücken tuschelten und mit dem Finger darauf zeigten? Oder war das nie zu Sem durchgedrungen? Er streifte die Socken ab und spielte mit den Zehen. »Ist dir noch nie aufgefallen, dass ich nur vier Zehen habe?« Es war komisch, aber zum ersten Mal störte ihn diese Tatsache nicht.

Sem legte den Kopf schief. »Jetzt wo du es sagst.« Er schien nicht im geringsten schockiert.

Japhet hätte ihm dafür um den Hals fallen können. »Das ist bei allen Zauberern so.«

Die Tür ging auf.

Tommas und Richard traten ein. Tommas mit dem Rücken voraus, die eine Seite eines Klappbettes fest in seinen Händen. Obwohl er rückwärtsging, schien er sich leichter zu tun als Richard, dem das Ding jeden Moment zu entgleiten drohte.

»Soll ich helfen?« Japhet lachte und zog sich seinen Socken wieder an. Es war natürlich keine ernstgemeinte Frage.

Sem schien das nicht kapiert zu haben, denn er ging auf die beiden zu.

»Lass das ja bleiben.« Japhets Hand sauste wie ein Schranken vor Sem nieder. »Du. Sollst. Dich. Schonen.«

Tommas ließ das Bett los.

»Spinnst du«, schrie Richard, als es auf den Boden krachte und ihn mit nach unten riss.

»Den Rest schaffst du allein.« Tommas klopfte sich ab, als wäre er staubig geworden und setzte sich auf das alte Bett von Linus. »Hier liege ich.«

Richard sagte nichts. Womit wohl geklärt war, wer hier das Sagen hatte. Doch Richard ließ das Klappbett, wo es war. »Wie heißt du?«, fragte er Sem.

Sem nannte seinen Namen und streckte ihm die Hand entgegen. Höflich wie immer.

»Ah«, sagte Tommas. »Der Junge ohne Gedächtnis?«

Sem nickte.

»Schwimmst du wirklich so gut, wie man sagt?«, fragte Richard.

Das Jahr im Internat musste Richards Selbstbewusstsein gestärkt haben. Früher redete er nur, wenn er gefragt wurde.

»Besser«, antwortete Japhet an Sems Stelle. Dass er ihm beim Wettschwimmen durch einen Zauber einen Vorteil verschafft hatte, hatte er nie verraten.

Tommas legte den Kopf schief. Seine Haare waren auf unfrisiert gestylt. »Morsus, Morsus. Ich dachte mir ja schon immer, dass du ... anders bist.«

»So?« Ein Wort, mehr brauchte Japhet nicht, um ihn zum Schweigen zu bringen.

»Da wir uns ein Zimmer teilen, sollten wir versuchen, gut miteinander auszukommen. Meint ihr nicht?«, sagte Sem.

Immer um Frieden bemüht.

»Ganz deiner Meinung.« Richard drückte das Klappbett auseinander. »Ich nehme an, du schläfst freiwillig auf dem Ding?«

Das war jetzt aber zu viel des Selbstbewusstseins. »Kommt nicht in Frage.« Japhet stellte sich vor Sem. »Unsere Betten sind tabu.«

»Es war schon immer so, dass die jüngeren den älteren Kids Platz machen«, kam Tommas Richard zu Hilfe.

»Die Zeiten ändern sich«, sagte Japhet.

Die Glocke im Turm läutete.

Abendessen.

»Kacke, schon so spät«, rief Richard.

»Schnell, sonst verpassen wir das Tischgebet«, sagte Sem.

Worum es ja sehr schade wäre. Aber Sem hatte recht. Wer beim Gebet fehlte, bekam nichts zu essen.

An diesem Tag gab es einen Käseteller und haufenweise Gemüse, was im Anbetracht dessen, dass die Mönche Mittwoch und Freitag als Fasttage ansahen, ganz in Ordnung war.

Helga setzte sich neben sie. Ihre Augen waren rot. Hatte sie geweint?

Sem schien es nicht zu bemerken und plapperte fröhlich drauf los. Erzählte von Zokling und ihren neuen Zimmerkollegen.

Helgas Mitteilungsbedürfnis hatte wohl auf Sem abgefärbt. Endlich schien auch er zu bemerken, dass sie etwas bedrückte.

»Was ist los?«

»Patricia«, sagte sie. »In meinem Zimmer, diese blöde Kuh.«

Patricia war ein rotzfreches, doch sehr kluges sechzehnjähriges Mädchen vom Adele Baumgartner Internat. Sie und Helga waren keine Freundinnen, aber wieso hatte sie geweint?

»Lässt sich das nicht ändern? Wenn ich was tun kann ...«, sagte Sem.

Als ob *er* da etwas machen könnte!

»Und schon bald werden wir drei getrennte Wege gehen«, sagte Helga.

Das war ihr Problem! Sie hatte sich gewünscht mit Sem auf das gleiche Internat zu kommen. Natürlich auf die

Adele Baumgartner. Das hatte sich Japhet fast gedacht. Er sagte: »Uns bleibt noch der ganzen Sommer.«

Sem nickte eifrig. »Ein Sommer, den wir nicht so schnell vergessen werden.«

»Meint ihr?«

Japhet starrte aus dem Fenster in den wolkenlosen Himmel. Ein Sommer ohne Schrey. »Patricia, Tommas, Nick, Marek ... niemand wird uns diese Zeit vermiesen.«

»Stimmt«, sagte Helga.

Sie prosteten sich zu. »Auf den besten Sommer aller Zeiten.«

Wie sehr sie sich täuschen sollten.

Stalldienst

Am Montag fanden sie sich wie immer zur Morgenhore in der Meranhalle ein.

Pünktlich um dieselbe Zeit.

Trotz Ferien. Faulenzen durften sie nicht. Zumindest nicht unter der Woche.

Im Gegenteil. Neben dem Küchendienst kamen im Sommer weitere Aufgaben hinzu. Stallarbeit, Haushaltspflege, Gartenarbeit, Fleischverarbeitung ...

Und natürlich die Heuernte. Daran hatten sich alle zu beteiligen, sofern das Wetter mitspielte.

Die Einteilung erfolgte immer zu Wochenbeginn. Pater Pius verlas die Namen.

Japhet und Sem landeten bei der Stallarbeit.

»Was müssen wir da machen?«, fragte Sem.

»Füttern, Ausmisten, Melken.« Japhet lächelte. »Nichts, worüber du dir Sorgen machen musst.« Sem hatte letzten Frühling entsetzt mitangesehen, wie Japhet ein Wildschwein zerlegte. Fleischarbeit wäre also nichts für ihn.

»Tun alle, wofür sie eingeteilt werden?«

Japhet nickte. »Besser wäre es.«

Pater Pius löste die Morgenhore mit einem Wink auf.

Gnomi rannte als erster zum Frühstück. Seine Ketten baumelten wild hin und her. An einer hing eine goldene Münze. Japhet runzelte die Stirn.

»Was?«, fragte Sem.

»Ist das nicht deine Münze, die er da um den Hals trägt?«

»Sei nicht albern«, sagte Sem. »Komm jetzt!«

Sem fuhr ihm sonst nie so über den Mund. Was verschwieg er ihm?

Auf dem Weg zum Refektorium gesellte sich Helga zu ihnen.

»So eine Frechheit. Warum wird den Mädchen immer die Gartenarbeit aufgebrummt?«, fragte sie.

Japhet lachte. »Du wirst es überleben.«

»Willst du tauschen?«

Das war theoretisch möglich, kam aber selten vor. Japhet zeigte ihr den Vogel.

Sem packte seine Hand. »Schnell, sonst mampft uns Gnomi alles weg.« Sem zog ihn mit sich und erstickte den Streit im Keim. Er wäre der perfekte Kandidat für den Friedensnobelpreis, fand Japhet.

»Sind wir vollzählig?« Frater Benedikt blickte von Gesicht zu Gesicht.

»Das fragt er *uns*?«, flüsterte Sem.

Japhet nickte. Der alte Mönch konnte sich keine Namen merken, und Gesichter noch viel weniger. Ihn interessierte nur, dass sechs Kinder pünktlich um acht vor den Stallungen erschienen.

Frater Benedikt wandte sich an Gnomi und Rafik: »Ihr beide kümmert euch um den Mist im Schweinestall, danach gebt ihr den Ferkeln zu fressen, vier Eimer Weißes, zwei Eimer Schwarzes. Klar?«

Als ob das Verhältnis je anders gewesen wäre.

»Machen wir«, sagte Rafik sichtlich erfreut. Mit Schweinen konnte er besser als mit Kühen. Die Tiere sind heilig, hatte er irgendwann einmal gesagt und sich gescheut sie zu melken.

»Du, mein Sohn, kümmerst dich um die Pferde«, sagte der Mönch zu Leanne. Weil er sich die Namen nicht merken konnte, sagte er zu jedem nur *mein Sohn*, auch wenn es sich um ein Mädchen handelte.

»Führe sie zur Koppel, aber lass sie auf den Weg dorthin, nicht zu viel vom Klee naschen.« Damit wandte er sich an Japhet und Sem. »Ihr zwei mistet den Stall aus, und streut frisches Stroh auf die Matten. Die Kühe sind bereits auf der Weide. Seht später nach, ob sie auch im eingezäunten Bereich sind. Die alte Reli büxt gerne aus.«

Japhet machte sich mit Sem davon, bevor Frater Benedikt weitere Anweisungen geben konnte. Im Kuhstall angekommen drückte er Sem eine Mistschaufel in die Hand. »Nicht zu viel in die Schubkarre füllen, sonst schwappt dir beim Rausfahren alles drüber.«

Sem nickte.

Japhet hatte die Aufgaben (die Mönche sprachen nie von Arbeit) im Sommer immer gemocht, und sich im Gegensatz anderer nie darüber beschwert. Tatsächlich waren sie eine willkommene Ablenkung von Frater Schreys Misshandlungen gewesen.

»Was ist?«, fragte Sem, der sich bereits mit Kuhmist vollgespritzt hatte.

Japhet lachte. »Wie schaffst du das immer?«

Sem kratze sich am Hinterkopf. »Ich weiß, ich stelle mich voll blöd an.«

Er nahm ihm die Schaufel aus der Hand. »Schön langsam! Siehst du nicht, dass die Kühe Dünnpfiff haben?«

Japhet zeigte es ihm, dann gab er Sem die Schaufel zurück. »Mach langsam weiter, ich hol das Stroh.« Behände sprang er über die Jauchenrinne. »Bis gleich.«

Über eine Leiter gelangte er auf den Heuboden. Dort atmete er tief durch. Herrlich. Nichts roch besser, als frisches, getrocknetes Gras. Unverständlich, dass Christopher davon niesen musste. Albine tränten sogar die Augen, wenn sie sich zu lange hier oben aufhielt.

Niemand kam freiwillig hierher. Außer am Morgen, wenn Heu über eine Luke nach unten in die Scheune gegabelt wurde, herrschte hier vollkommene Stille.

Staubkörner tanzten im Sonnenlicht, das sich durch die Wandbretter stahl, und einen Moment beobachte er diese. In früheren Zeiten hatte er sich hier oft zum Nachdenken verschanzt. Einmal war er sogar auf eine Katze mit drei Jungen gestoßen. Leider verschwanden die Kätzchen eines Tages spurlos. Hatten die Mönche die kleinen Katzen ertränkt? Er hoffte nicht.

Japhet ging zu den Strohballen, da kicherte jemand. Er duckte sich und lauschte.

Nichts.

Hatte er sich das nur eingebildet?

Eine Hand blitze für einen Augenblick auf, schon war sie wieder verschwunden.

Japhet kletterte auf einen der Ballen, dann auf einen zweiten, dritten und spähte hinter den Haufen. Er blinzelte. Na so was. Zwischen den Strohballen saßen Leanne und Carl.

Und die beiden küssten sich.

Voll krank! Er schnappte sich einen Strohballen und lief zu Sem. Statt die Futterluke zu öffnen und das Stroh nach unten zu werfen, kletterte er mit dem Ballen die Leiter hinunter. Bloß keinen Lärm machen.

Sem kratze mit der Mistschaufel gerade Dreck von seinen Stiefeln.

Japhet trat näher und sah sich nach allen Seiten um. Carl und Leanne kämen in Teufels Küche, wenn einer der Mönche ihn jetzt hörte. Obwohl er Leanne nicht mochte und Carl noch weniger, an eine Regel im Heim hielten sich alle: Keiner verpetzte einen anderen bei den Mönchen.

Er ließ den Strohballen fallen und flüstere Sem zu, was er gesehen hatte. Dieser lief rot an.

»Bist du dir sicher?«

Japhet klopfte Sem aufmunternd auf die Schultern. »Tut mir leid, Mann.«

Sem räusperte sich. »Wenn sie Carl mag, was will sie dann von mir?«

»Schhhh, nicht so laut!«

Aber, gute Frage.

»Sie hat eben einen Knall.« Japhet knuffte ihn.

Sem reagierte nicht. Hatte er sich wirklich Chancen bei ihr ausgerechnet?

»Wie das wohl ist, ein Mädchen zu küssen?«, fragte Sem plötzlich.

Japhet steckte sich zwei Finger in den Mund. »Eklig.« Dass Sem Leanne beäugte, war eine Sache, aber dass er sich dermaßen für Mädchen interessierte, war ihm neu.

»Denkst du denn nie darüber nach?«, fragte Sem.

»Jemanden die Zunge in den Mund zu stecken?« Bisher hatte er sich aus Mädchen nichts gemacht und er gedachte nicht, das zu ändern. Helga hatte sich zwar als ganz nett entpuppt, der Rest von ihnen war aber zum Vergessen.

Sems Blick durchbohrte ihn.

»Du willst wissen, wie das ist?« Japhet presste seine Lippen auf Sems.

Der wich irritiert zurück. »Spinnst du?« Er fuhr sich mit dem Handrücken über seinen Mund.

Japhet lachte. »Jetzt weißt du es.«

»Wo soll das Stroh hin?«, fragte Sem, den Blick starr auf den Ballen neben Japhets Füßen gerichtet.

Eigentümliche Ermittlungen

Am Nachmittag brütete Japhet über Spectables Buch. Trockener Stoff. Wen interessierten meditative Trainingsformen, Konzentrationsübungen und Muskelentspannungen? Vom allgemeinen magischen Grundwissen, ganz zu schweigen. Lieber hätte er erfahren, wozu Zauberer in der Lage waren. Doch davon war in dem Buch nichts zu finden.

Konnten Erdzauberer die Erde beben lassen? Besaßen sie einen grünen Daumen? Und wie sah es mit Wasserzauberer aus? Konnten sie Wasser aus ihren Fingerspitzen spritzen, wie er Feuer? Es regnen lassen? Spectable hätte ihm wenigstens mehr über Feuer- und Luftzauberer erzählen können, wo er doch beide Elemente beherrschte.

Aber um mehr zu erfahren, musste er wohl warten, bis er zur Schule ging. In der Zwischenzeit durfte er sich mit allgemeinen Dingen auseinandersetzen, den Elementen, dem Periodensystem, der wahren Geschichte über die Büchse der Pandora, Shiva und ihren vier Kindern, den ersten Zauberern und Zaubererinnen.

Zermürbend. Doch er wollte keine Seite auslassen, wollte nichts übersehen.

»Scheint ja nicht sehr befriedigend zu sein, deine Lektüre.« Sem schwang die Beine aus dem Bett, stieg über Richards Matratze und kam zu ihm herüber. Mit verschränkten Armen und einem Schritt Abstand blieb er vor ihm stehen.

Japhet klopfte auf den Stuhl neben sich. »Komm schon, ich küsse nicht.«

»Haha.« Sem setzte sich. »Worum geht's?«

Japhet schob ihm die Seite hin, die er gerade las. Unverfängliches Zeugs. Nichts, worüber sich Spectable aufregen könnte. Der hatte ihm strikt verboten, das Buch aus der Hand zu geben.

Sem überflog den Inhalt. Sein Blick verklärte sich. Das passierte immer dann, wenn er sich an etwas erinnerte.

»Alles in Ordnung?«, fragte Japhet.

Sem würgte. »Mir ist schlecht.«

Japhet sprang auf. »Kotz mich bloß nicht an!«

Sem schüttelte entschieden den Kopf. Viel zu schnell, für jemanden, dem wirklich übel war. »Geht schon wieder.«

Japhet zog das Buch zurück. Warum hatte er es ihm auch gezeigt? Immer wenn sie auf die Zauberei zu sprechen kamen, wurde Sem komisch. Er schielte auf die Uhr. Wie auf Kommando läutete die Glocke zum Abendessen.

Perfekt. Japhet schlug das Buch zu. In Zukunft würde er es von Sem fernhalten. Gewöhnliche ging das nichts an. Und ob es ihm gefiel oder nicht. Sem war nun mal ein Gewöhnlicher.

Auf der Treppe kam ihnen Frater Cornelius entgegen; in gewohnt schmutziger Kutte. Der Mönch hatte es geschafft, sich noch am selben Tag, nachdem die Direktoren das CuraNaus verlassen hatten, anzukleckern. Es war der gleiche Fettfleck, also immer noch die gleiche Kutte von Freitag. Er eilte an ihnen vorbei. Wahrscheinlich, um die Toiletten der oberen Stockwerke zu inspizieren. Diese könnten ja verschmutzt sein. Oder noch schlimmer - verstopft!!! Er sollte lieber auf sein eigenes Gewand achten.

Japhet und Sem gingen weiter.

»Kommt überhaupt nicht infrage!« Pater Pius Stimme hallte von den riesigen Wänden der Meranhalle wider.

»Das haben Sie nicht zu entscheiden.« Bei dem Sprecher handelte es sich um einen großen Mann mit Schlitzaugen. Japhet hatte ihn noch nie zuvor gesehen. Falls es sich um einen Mönch handelte, so trug er keine Kutte. Sondern einen grauen Anzug. Der war völlig zerknittert. Genauso wie der Hut, das Hemd, selbst die Schuhe.

»Vielleicht sind sie noch dort. Und finden nicht mehr raus. Sie sagten, die Tunnel seien ein einziges Labyrinth.«

Japhet drehte sich zu Sem. War der Mann etwa hier, um die unterirdischen Gänge des Klosters nach Linus und Schrey abzusuchen?

»Das ist doch lächerlich«, sagte Pater Pius.

»Warum sträuben Sie sich so? Immerhin handelt es sich um einen Vermisstenfall. Muss ich Ihnen erst mit einem Durchsuchungsbeschluss drohen?«

Pater Pius schnaubte.

»Keine Angst. Wir werden Ihren Betrieb nicht stören. Die Kinder werden nicht einmal merken, dass wir hier sind.« Er lächelte. »Keine Ihrer Andachten muss entfallen.« Das Schlitzauge musste einen heftigen Hustenanfall Pius' abwarten, bevor er eine Antwort bekam.

»In dieser Sache ist das letzte Wort noch nicht gesprochen.« Pater Pius rauschte aus der Halle. Das Schlitzauge ging in die entgegengesetzte Richtung davon.

»Was war das denn gerade?«, fragte Sem.

»Scheint ganz so, als würde man Linus' und Schreys Verschwinden jetzt doch nachgehen.«

»Die sind doch längst über alle Berge«, sagte Sem.

»Glaub ich auch.« Japhet stockte. »Was, wenn sie auf den Tiger stoßen?«

Sem rollte die Augen. »Den hast du dir doch nur eingebildet.«

Hatte er nicht! Es gab einen weißen Tiger im Kloster. Es konnte ihn nur niemand sehen. Vielleicht konnten das nur Zauberer. Mist! Er hätte Spectable fragen sollen.

»Kommst du?«, fragte Sem. Er war schon einige Stufen weitergegangen.

Noch ein Thema, worüber er mit Sem nicht sprechen konnte.

Sie gingen in den Speisesaal. Wo sie bereits erwartet wurden.

Von Marek.

Er stand am Tisch und hielt Sem die Hand entgegen. »Frieden?«

Sem starrte sie an.

Wahrscheinlich klebte Soße auf Mareks Handfläche.

»So plötzlich?«, fragte Sem.

»Wir kommen auf dasselbe Internat. Reicht das nicht?«

Von wegen. Japhet war kurz davor, Marek eine reinzuhauen. Ein Friedensangebot? Dabei konnte es sich nur um eine Finte handeln. Oder steckte Leanne dahinter? Er entdeckte Hector zwischen Nick und B5. Carl fehlte ganz. Aha. Vielleicht war es doch kein Bluff. Mareks Clique drohte auseinanderzubrechen.

»Mit Simon hab ich auch gesprochen«, sagte Marek.

Simon? Seit wann Simon? Gnomi hatte es sicher nicht seinem Wachstumsschub zu verdanken, dass Marek ihn plötzlich so nannte. Der Kerl hatte Angst, auf der Sonnentaler allein dazustehen.

»Also dann ...« Marek zog die Hand zurück und klopfte Sem auf die Schultern. Dann setzte er sich.

Japhet öffnete den Mund, doch Sem kam ihm zuvor.

»Sag nichts!« Mit hochgezogenen Brauen, den Kopf leicht schiefgelegt brummelte er: »Ich weiß, was ich tue.«

Bereits am nächsten Morgen wurde es offiziell.

»Wie ihr alle wisst, werden Linus und Frater Schrey nach wie vor vermisst.« Pater Pius hustete. »Es ist nicht das erste Mal, dass ein Kind abhaut.« Er schielte zu Japhet. »Oder uns ein Bruder verlässt. Aber leider verschwanden sie im Kloster und die Polizei nimmt an, dass sie noch hier sein könnten.«

Leises Murmeln.

»Deswegen wird Anfang nächster Woche jemand vorbeikommen, und die unterirdischen Gänge untersuchen. Ich hoffe, dass die Ermittlungen dann in wenigen Tagen abgeschlossen sind, und wir keine Unannehmlichkeiten haben werden.«

Japhet runzelte die Stirn. Warum erst nächste Woche? Sollten die Bullen nicht gleich mit der Suche beginnen? Wenn sie annahmen, dass Linus und Schrey da unten waren? Oder vermutete man, dass sie schon tot waren?

»Am Tagesablauf ändert sich dadurch nichts, ich wollte nur, dass ihr Bescheid wisst. Da sich der Eingang zu den

Tunneln im Nordteil befindet, bleibt die Bibliothek bis zum Ende der Erkundung geschlossen.«

Jemand maulte.

»Tut nicht so, als täte euch das leid, die ausgeborgten Bücher kann ich an einer Hand abzählen. Ach ja, noch etwas.« Pater Pius blickte von einem Gesicht zum anderen. »In den Ferien besteht wie immer die Möglichkeit am Wochenende mit Frater Teo in die Stadt zu fahren.«

Japhet rümpfte die Nase. Von wegen! In Wahrheit passten nur ein paar Kinder in Frater Teos Kombi und es brauchte einen ellenlangen Antrag, um mitfahren zu dürfen.

»Meldet euch rechtzeitig in meinem Büro.« Pater Pius klatschte in die Hände. »Das wars, ab zum Frühstück und an eure Aufgaben.«

»Es gibt Ausflüge«, fragte Sem verwirrt.

»Nicht für uns.«

»Warum?«

Sem war so ein Einfaltspinsel. Er hätte es ihm erklären können, hatte aber keine Lust dazu. »Vergiss es einfach.«

»Was steht ihr da wie angewurzelt herum?« Helga packte Sems Arm. »Los, zum Frühstück.«

Sem ließ sich bereitwillig mitziehen.

Doch Japhet hatte überhaupt keinen Hunger.

Dass es Helga aus einem ganz anderen Grund so eilig hatte, wusste er nicht - genauso wenig wusste er von den teuflischen Gedanken, die Nick, nur wenige Schritte von ihm entfernt, durch den Kopf gingen.

Böse Zauber

Sie waren gerade zum letzten Mal in dieser Woche mit der Stallarbeit fertig, als Spectable auftauchte.

Sem erschrak so heftig, dass er zwei Schritte zurücksprang und Japhet den Stiel der Mistschaufel in den Bauch rammte.

»Auuu!« Einem Moment blieb Japhet die Spucke weg. Und das nicht nur wegen der Schaufel. Hatte sich Spectable gerade vor seinen Augen materialisiert? Konnte es sein, dass sich Luftzauberer ...

»Wo kommen Sie auf einmal her?«, fragte Sem. Japhet nahm ihm die Schaufel ab, um nicht noch eine abzufangen.

Spectable antwortete nicht auf die Frage, sondern wandte sich direkt an Japhet. »Ich muss mit dir reden.«

Sem verschränkte die Arme vor der Brust.

»Allein!«

Japhet beugte sich zu Sem. »Macht es dir was aus, ohne mich nach den Rindern zu sehen?«

»Ganz und gar nicht«, maulte Sem mit zusammengebissenen Zähnen.

»Ich komme nach«, versprach Japhet.

»Sicher.« Sem raffte seine sieben Sachen zusammen und ging.

Spectable wartete, bis Sem die Stalltür hinter sich schloss. »Entschuldige den Auftritt, aber für ein offizielles Gesuch hatte ich keine Zeit. Die Mönche sind in dieser Hinsicht etwas eigen.« Er sah sich nach allen Seiten um. »Können wir sprechen?«

»Ich dachte, wir würden uns erst im Herbst wiedersehen.«

»Planänderung.« Spectable machte eine Kopfbewegung Richtung Stalltür. »Du und dieser Junge ...«

»Sem?«

»Seid ihr befreundet?«

Wieso wollte er das wissen?

»Normalerweise gehen uns Gewöhnliche aus dem Weg. Hat mit unserer Aura zu tun«, erklärte Spectable.

»Sem ist anders.«

»Tatsächlich?« Spectable räusperte sich. »Wie weit bist du mit dem Buch?«

»Ähm.« Was sollte er sagen? Er hätte schon zweimal damit durch sein können. Allzu dick war es ja nicht. Andererseits hatte er geglaubt, den ganzen Sommer dafür Zeit zu haben.

»Ziemlich trockener Stoff, was?« Spectable faltete die Hände zu einer Pistole und stütze mit den Daumen sein Kinn. »Ich habe mit dem Schulrat über die neuen Schüler gesprochen, und als dein Name fiel und ich deine Fähigkeiten erwähnte, wurden sie hellhörig. Jemand mit deiner Begabung sollte die Zeit nicht hier vergeuden.«

Japhet schüttelte den Kopf. Das Thema hatten sie schon. »Ich bleibe bis zum Herbst.«

»Und du bist nicht gewillt, deine Meinung zu ändern? Du willst tatsächlich bleiben? Bei all diesen Gewöhnlichen? Aus welchem Grund?«

Japhet schwieg. Spectable würde ihn sowieso nicht verstehen. Der zückte zwei Bücher aus der Innentasche seiner Jacke.

»Dann will ich dir wenigstens die hier geben.« Er reichte sie ihm. »Für Feuer- und Luftzauberer. Sämtliche Fähigkeiten werden darin erläutert.«

Das hörte sich gut an. Japhet lächelte, als er die Bücher in der Hand wog. Die waren bestimmt interessanter als das magische Entstehungsgeschwafel.

»Normalerweise werden die Bücher erst bei Schuleintritt ausgegeben, aber der Direktor meinte, dass deine Fähigkeiten gefördert werden müssen. Vielleicht gelingt es dir, den einen oder anderen Zauber darin auszuführen. Außerdem müssen wir wissen, ob du besser mit Luft oder mit Feuer umgehen kannst.«

»Wozu?«

»Habe ich das nicht erwähnt? In Zokling werden die Schüler gemäß ihren Fähigkeiten dem Feuerturm, der Luftmühle, dem Wasserspeicher oder dem Erdbunker zugeteilt. Auch wenn du zwei der vier Elemente beherrschst, so wirst du am Ende nur in einem Trakt einziehen können. Schließlich können wir dich nicht halbieren.«

Japhet zeigte auf die Bücher. »Steht da auch, *wie* ich es machen soll?«

Spectable lächelte. »Mach es wie bisher.« Er zwinkerte Japhet verschwörerisch zu, tippte auf die Bücher. »Fang vorne an, aber versuche dich auch an den medialen Zaubern. Die stehen ganz zum Schluss und nur wenige Zauberer trauen sich daran.«

»Warum?«, fragte Japhet.

Spectable senkte die Stimme. »Mediale Zauber sind gefährlich, können aber sehr nützlich sein. Eigentlich bist du dafür zu jung. Sie auszuführen, bedarf einer langjährigen

Ausbildung.« Spectable redete schnell, als hätte er die Worte auswendig gelernt, als wolle er sie so rasch wie möglich loswerden.

Doch Japhet war zu neugierig, um sich darüber Gedanken zu machen. »Was muss ich tun?«

Spectable machte eine Handbewegung und ein Eimer schepperte über den Beton. »Einen Gegenstand bewegen, ohne ihn anzufassen, für Luftzauberer ein Leichtes. Genauso wie Wasser einfrieren oder einen Sturm säen. Das alles sind externe Zauber. Mediale Zauber sind komplexer. Man muss mit seinem Element verschmelzen.«

Japhet klappte der Mund auf. »Das geht?«

»Durchaus. Geübte Zauberer können diesen Zustand mehrere Minuten aufrecht halten.« Spectable atmete tief durch und ... löste sich auf. »Ich bin immer noch da«, sagte eine Stimme hinter Japhet.

Japhet wirbelte herum. Es war also wirklich möglich sich in Luft aufzulösen. Das war ja der Hammer. »Kann ich das auch?«

»Vielleicht. Irgendwann.« Spectable tauchte wieder auf, eine Hand auf Japhets Schulter. »Weiters können mediale Zauber auch bei Anderen angewandt werden.« Er drückte Japhet leicht nach links und zeigte auf die Liegestelle der Kühe.

Reli, die aufgrund einer verletzten Hufe im Stall geblieben war, kaute träge vor sich hin.

»Soll ich es dir zeigen?«

Was für eine Frage? Klar!

Spectable nahm eine gerade Haltung ein, atmete gleichmäßig, und ballte eine Faust. »Sieh auf das Euter!«

Die Zitzen waren prall gefüllt. War sie heute noch nicht gemolken worden? Oder sahen die immer so aus? Schwollen sie weiter an? Gleich platzten sie! Reli muhte, riss an der Kette.

»Aufhören«, schrie Japhet.

Spectable drehte sich um und die Kuh glitt auf das Streu.

»Was?«, fragte der Lehrer.«

»Das ist Tierquälerei.« Japhet schüttelte angewidert den Kopf. Das ging gar nicht! Und diese Zauber sollte er üben? Auf keinen Fall!

Spectable verstand. »Tut mir leid«, sagte er. Er klopfte Japhet auf den Rücken. »Anscheinend sind diese Dinge noch nichts für dich.«

Noch? Nie!

Spectable trat einen Schritt beiseite. »Wir sehen uns im Herbst.« Er löste sich auf, ohne Japhet noch einmal zu Wort kommen zu lassen.

»He!«, rief Japhet. Spectable konnte ihn doch jetzt nicht alleine lassen. Er starre auf die Bücher, die der Lehrer hiergelassen hatte.

Das Versteck

»Aufwachen!« Helgas Stimme riss Japhet aus dem Schlaf.

Was? Wie? Wo? Er fuhr so abrupt hoch, dass er mit dem Kopf gegen das Fensterbrett schlug. Au! Er rutschte von der Wand weg, während er sich den Schädel rieb. Das Brett ragte höchstens einen Zentimeter über, aber er schaffte es, sich daran zu stoßen! Das war ihm ja noch nie passiert.

Tommas steckte den Kopf unter sein Kissen. Recht hatte er. Auch Richard rollte sich auf seiner Matratze zusammen, kniff die Augen zu und murmelte: »Och nee, die schon wieder.«

Nur Sem atmete immer noch gleichmäßig. Ausgerechnet der, zu dem Helga wollte. Dabei gab es keinen Grund, ihn zu wecken. Heute war Samstag. Da durften sie ausschlafen!

»Was liegt ihr noch herum? Wisst ihr, wie spät es ist?« Sie trat einfach ins Zimmer.

Dass die Mädchen in den Jungenzimmern nicht die gleichen Strafen zu erwarten hatten wie die Jungen in den Mädchenzimmern, wurmte ihn am meisten. Und nun beugte sie sich auch noch über ihn, um das Fenster aufzureißen.

»Das ist jetzt aber nicht dein Ernst«, murmelte Tommas unter seinem Kissen.

»Hier stinkt's.« Sie fächerte sich demonstrativ Luft zu. Was erwartete sie sich bei vier Jungs, die sich ein kleines Zimmer teilten? Blütenduft?

»Wenn dich der Mief stört, da ist die Tür.« Richards Zeigefinger schoss unter der Decke hervor.

»Was ist los?«, gähnte Sem endlich und öffnete die Augen.

»Das fragst du noch?« sagte Japhet. Er verkniff sich eine böse Bemerkung, wollte es sich nicht schon wieder mit ihm verscherzen. Den ganzen Nachmittag war Sem sauer gewesen, weil er ihn allein auf die Weide geschickt hatte.

»Ich habe da etwas für euch.« Helga drückte Sem einen Zettel ins Gesicht.

Japhet klappte der Mund auf. War das etwa ...?

»Ein Ausgangsschein!« Richard riss ihr den Wisch aus der Hand. »Das gibt's doch nicht. Pius hat *mein* Ansuchen abgelehnt.«

»Du bist ja auch erst seit einer Woche wieder da. Im Internat konntet ihr oft genug raus. Wir hingegen sitzen schon ewig hier fest. Also ist das nur fair.«

Mit *wir* meinte Helga sicher nicht ... Japhet entzog Richard den Ausgangsschein.

»Fair, pah.« Richard ließ sich zurück auf die Matratze plumpsen und verschränkte die Arme.

Japhet starrte auf die Namen. Sorgfältig eingetragen. *Sem, Japhet, Helga.* »Ich glaubs nicht. Wie hast du das geschafft?« Gestern hatte er Sem noch erklärt, dass es schier unmöglich war, an so ein Formular zu kommen. Und heute?

»Ich habe ganz einfach *Bitte* gesagt.« Helga zwinkerte. »In einer Stunde ist Abfahrt. Also raus aus den Federn und ab zum Frühstück.« Sie rannte aus dem Zimmer, ohne den Schein mitzunehmen.

Sem kratze sich am Hinterkopf. »Ist das etwa ...«

Japhet nickte. »Los zieh dich an.«

Frater Teos roter Siebensitzer stand bereits mit offenen Türen in der Auffahrt.

Die Kids rauften immer beim Einsteigen um die besten Plätze. Er selbst war nie dabei gewesen. Zweiundzwanzig Mal, öfter als alle anderen, hatte er darum ersucht, auch mal mitfahren zu dürfen. Frater Schrey hatte es jedes Mal verhindert. Fluchtgefahr, unzulängliches Benehmen, miese Noten, Schlägereien. Sie konnten es nicht verantworten, ihn mitzunehmen. Das erste Mal abgehauen war er mit zehn, als ihm klar wurde, niemals einen Ausgangsschein zu erhalten. Damals kam er nur bis zur anderen Straßenseite.

Japhet zwängte sich auf die Rückbank neben Helga und Sem. In der Mitte saßen Gnomi und Christopher, vorne Hector. Japhet erinnerte sich nicht, dass der jemals den Wunsch geäußert hatte, in die Stadt zu fahren. Jedenfalls nicht ohne Marek. Witterte Mareks Schoßhündchen die Freiheit? Hatte Nick etwas damit zu tun?

Gnomi drehte sich im Sitz herum. »Wir fahren in die Sta-adt. Wir fahren in die Sta-adt.«

»M-mein erstes M-m-mal«, freute sich Christopher und brauchte für die Worte fünf Sekunden. Neben dem B bereitete ihm das M die meisten Schwierigkeiten.

Japhet konnte es immer noch nicht glauben. Er sah zu Helga. Doch sie schwieg. Anscheinend hatte sie nicht vor, ihm zu erzählen, wie sie zu dem Ausgangsschein gekommen war. Dass sie es mit einem einfachen *Bitte* zustande bekommen hatte, glaubte er nicht.

»Knie runter von dem Sitz!« Volker stand plötzlich neben ihnen und schob die Tür zu.

Wollte er auch mitfahren? Dann hatte er aber Pech. Die Plätze waren alle besetzt. Aber Volker ging um das Auto herum und setzte sich ans Steuer.

»Was soll das?«, fragte Japhet.

»Frater Teo ist verhindert, ich fahre.«

Christopher umklammerte die Rückenlehne seines Vordermannes. »D-du hast ja nicht m-m-mal einen F-f-führerschein.«

»Sagt wer?« Stolz wedelte er mit einem rosa Teil in der Luft herum.

»Was glaubt ihr, wo ich die letzten Tage gewesen bin? Ich hab die Fahrprüfung gemacht. Sagten, es würde nicht schaden, wenn es ein paar mehr Mönche gibt, die Auto fahren können.«

Na prima! Volker war noch nicht mal ein richtiger Mönch! Wann war er eigentlich achtzehn geworden? Japhet kam gerade ein furchtbarer Gedanke. Was wenn Volker die Prüfung nur geschafft hatte, weil er die Prüfer mit seiner Stimme eingelullt hatte? Er hatte es so geschafft, die Adele Baumgartner in nur zwei Jahren abzuschließen. Mit seiner Stimme konnte er fast alle Menschen dazu bringen, nach seiner Pfeife zu tanzen.

»Der Wisch bedeutet noch lange nicht, dass du auch fahren kannst«, sagte Sem, dem wohl das gleiche durch den Kopf ging. Er hatte es irgendwie geschafft, sich aus dessen Bann zu befreien.

»Ihr müsst ja nicht mitkommen«, fauchte Gnomi.

Volker knallte die Tür zu. »Genau! Wenn ihr mir blöd kommt, fahr ich sofort zurück. Los geht's!«

Die Fahrt verlief ruhig, denn keiner traute sich zu sprechen, aus Angst, irgendetwas zu sagen, das Volker zum Umkehren bewegen könnte. Und so meckerte auch Japhet nicht, obwohl der Wagen ein paarmal arg ruckelte und sie beim Schalten das Getriebe hörten.

Endlich bogen sie auf einen großen Parkplatz ein.

Volker klopfte auf die Uhr. »Pünktlich um sechzehn Uhr, hier beim Wagen. Wer zu spät kommt, braucht sich in Zukunft um weitere Ausgänge keine Gedanken mehr machen.«

Japhet, Sem und Helga stürmten sofort los. Auch Christopher und Gnomi verdünnisierten sich, wenn auch in entgegengesetzte Richtungen.

Japhet drehte sich um die eigene Achse. Hector saß immer noch im Wagen. So ein Idiot. Lieber sollte er die Zeit nutzen.

»Mir nach!« Japhet trampelte über eine Grünfläche und überquerte die Straße. Sem und Hela folgten ihm. Schon waren sie in der Fußgängerzone. Doch Sem fiel zurück, schien sich nicht sattsehen zu können. Die gepflasterten Straßen, die hohen Häuser, die vielen Frauen, Männer und Kinder, zu Fuß, auf Fahrrädern, Rollschuhen und Skateboards, der Straßenmusikant, die beiden Bettler ...

Mit elf war es Japhet genauso ergangen. Damals war er zum dritten Mal ausgerissen und hatte zum ersten Mal die Stadt erreicht. Eine fremde Welt.

Sem drehte sich im Kreis und deutete auf einen Hydranten. »Was ist das?« Zeigte in ein Schaufenster. »Warum haben diese Puppen Kleider an?«

Okaaaay. Sem war etwas weltfremd. Wo immer er aufgewachsen war, sicher in keiner Stadt.

Ein Typ fuhr Sem beinahe mit seinem Fahrrad über den Haufen. Der Student (höchstwahrscheinlich ein Student, denn er hatte lange Haare, trug Jesuslatschen ohne Socken, eine braune Umhängetasche und ein knallbuntes Armband) radelte einfach weiter.

»Pass auf!«, sagte Japhet und zog ihn zurück auf den Bürgersteig.

Sem schluckte.

»Warum hast du es so eilig?«, fragte Helga.

»Ich will zu meinem Versteck.«

Auf Sems Gesicht zeigte sich Unverständnis. Doch Helga kapierte. »Wir dürfen es sehen?«

Japhet lief weiter. In eine enge Gasse, nicht mal breit genug, um die Arme links und rechts auszutrecken.

»Was für ein Versteck?«, fragte Sem Helga. »Und woher weißt du davon?«

»Überleg mal.« Anstatt zu quasseln, ließ sie Sem selbst denken. Was war mit Helga los?

Japhet drehte sich zu ihnen um. »Ich muss ja irgendwo gelebt haben, nachdem ich aus dem CuraNaus geflohen bin.« Er kickte eine alte Getränkedose aus dem Weg.

»Ähm, klar, ich dachte nur, die Höhle, im Wald ...« Sem räusperte sich. Selbst ihm musste klar geworden sein, dass er im Winter dort unmöglich gelebt haben konnte.

Sie rannten eine Gasse weiter.

»Wie lange noch?«, schnaufte Helga zehn Minuten später und stütze sich auf die Oberschenkel.

Sem nickte eifrig.

»Gleich. Nur noch da rauf.« Japhet zeigte auf fünf überquellende Abfallcontainer am Ende der Straße.

»Wie jetzt?« Sem starrte auf die Mülltonnen.

»Ganz einfach.« Japhet zog sich an einem der Container hoch, bei dem der Deckel noch nicht ganz durch den Müll nach hinten gedrückt wurde, und hüpfte ein paar Mal auf das gewölbte Blech.

»Und was sollen wir dort oben?«, fragte Sem.

»Von dort geht es weiter aufs Dach.«

Sem starrte die Müllcontainer an, kletterte ihm aber nach. Er hockte sich auf den Blechdeckel und streckte Helga die Hand entgegen. »Ich zieh dich hoch.«

»Ja klar.« Japhet schob Sem zur Seite. »Lass mich das machen.«

Helga packte Japhets Hand und ließ sich hochziehen.

»Das hätte ich auch geschafft«, murrte Sem.

Japhet zeigte auf das Flachdach ungefähr einen Meter über den Abfallcontainern. »Ladys first.« Er faltete die Hände und machte Helga eine Räuberleiter. Dann half er Sem. Zuletzt hievte er sich selbst über die Regenrinne auf das Dach. Geduckt liefen sie über das Wellblech. Japhet riss ein loses Brett vom Dachfirst des bruchreifen Nachbarhauses.

Helga starrte in die dunkle Öffnung. »Da rein?«

Japhet nickte. »Passt auf die Rattenscheiße auf.« Mit eingezogenem Kopf ging er voraus. Sem holte tief Luft und folgte ihm. Helga brabbelte irgendetwas von Ekel und

Krankheit aber davon nahm er keine Notiz. Er balancierte über einen Querbalken und schwang sich schließlich durch einen Mauerspalt zu seiner Linken in den Dachboden. Geschafft!

»Ist nicht hoch«, rief er seinen Freunden zu. Vorsichtig strich er über die bemalte Wand unter dem Spalt, berührte einen roten Farbklecks, der zu einer Spraydose führte. Er hob sie hoch, schüttelte sie. Ob sich noch genug Farbe darin befand? Für ein Graffiti mit Sem und Helga? Er drehte sich um. Nichts hatte sich verändert.

Auf einer Matratze in der Ecke lagen Kleider und ein Buch. Robinson Crusoe. Wann hatte er das gelesen? Schnell setzte er sich drauf. »Wo bleibt ihr so lange?«

Sem und Helga quetschten gleichzeitig die Köpfe durch den Spalt. Sem sprang zuerst, sah sich interessiert um. Er starrte zur gegenüberliegenden Wand, nach links, dann nach rechts, stutzte.

»Einen anderen Zugang gibt es nicht«, erklärte Japhet.

»Und hier hast du gelebt?«, fragte Helga einen Moment später. Ihr Blick blieb an dem einzigen Möbelstück hängen, ein hoher, wackeliger Schrank mit einer Gardine davor. Darin stapelten sich dutzende Konservendosen.

»Jep.« Japhet klopfte auf die Decken neben sich. »Setzt euch!«

Helga schüttelte den Kopf. »Ich stehe lieber.«

Sem schob die Kleider beiseite. An einem der Pullis hing noch der Ladenpreis samt Diebstahlschutz. Sem tat so, als würde er das nicht bemerken und setzte sich. »Gemütlich.«

Helga rümpfte die Nase. »Und was brauchst du von hier?«

Japhet griff in einen Pappkarton. »Dieses Messer zum Beispiel, ein original Schweizer Offiziersmesser aus dem Jahr 1961 - echt praktisch.« Er öffnete gleichzeitig Klinge und Ahle, den Dosenöffner und Kapselheber.

»Und die Mönche drehen durch, wenn sie es finden«, sagte Helga.

»Werden sie nicht.« Japhet reichte Sem ein Feuerzeug. »Echt Silber. Schenk ich dir.«

Sem musterte es einen Moment, dann griff er zu. »Danke.«

»Bist du verrückt. Das ist doch bestimmt geklaut«, sagte Helga.

»Na und?« Japhet durchwühlte den Karton. Irgendwo hatte er doch noch ...

»Ah, hier für dich.« Er reichte ihr ein silbernes Medaillon. Auf der Vorderseite war ein bärtiger Mann eingraviert. Und wenn Japhet nicht alles täuschte, handelte es sich dabei um den Heiligen Josef. Das Relief erinnerte ihn jedenfalls an das Josefsbild in Helgas Zimmer.

Helga starrte ihn wie vom Donner gerührt an. »Woher hast du das?«

Er fuchtelte mit dem Ding vor ihrem Gesicht herum. »Nicht geklaut, ehrlich, also nimm schon.« Er hatte das Medaillon im CuraNaus *gefunden*, und zwar bei seiner allerersten Flucht durch die Kellergewölbe. Gut, dass er das Teil nicht weggeworfen hatte.

Helga konnte nicht widerstehen und griff zu. »Aber nur weil mein altes nicht mehr richtig schließt.«

Japhet lächelte. Ja, klar. Ein einfaches Danke hätte es auch getan.

Sie tauschte das Medaillon mit dem aus, das an ihrer Halskette hing. Wechselte auch das Bild darin, ohne es Sem oder Japhet zu zeigen. Wahrscheinlich ein Bild ihrer Familie. Menschen, von denen außer Helga keiner mehr lebte.

Er nahm noch etwas Geld aus der Schachtel, dann stellt er sie weg. Knappe vierhundert Mark. Mehr als er dachte. Seit er wieder im CuraNaus war, hatte er kein Taschengeld erhalten. Tja, sollten sie sich ihren Schotter sonst wohin stecken. Es tat ihm nicht leid, um die paar Kröten, die sie am Ende des Monats bekamen.

Er steckte das Geld in seine hintere Hosentasche. »Das wars. Wollen wir uns nun die Stadt ansehen?«

»Gute Idee!« Helga war die Erste, die sich durch den Mauerspalt zurück nach oben zwängte. Und sie war auch die Erste, die wieder auf der Straße stand.

Sie atmete hörbar aus. »Wenn uns jemand gesehen hätte!«

Japhet hüpfte vom Container.

»Ich bin noch nie über ein Dach gelaufen. Und dieser Unterschlupf. Unglaublich. Da hast du gelebt? Ist es schwer, etwas zu klauen? Du hast hoffentlich keinen verletzt? Jemanden ...« Helga hörte nicht auf zu reden. »Also, wie genau ...«

Japhet zog einen unsichtbaren Reißverschluss über ihren Mund. Das alles gehörte der Vergangenheit an. »Kommt, ich lade euch auf ein Eis ein.«

Im selben Moment trat ein Mann mit einem Müllsack über der Schulter aus einer der Hintertüren.

»Was macht ihr da?« Er starrte von Japhet und Helga zu Sem, der noch auf dem Müllcontainer saß, ließ den Sack fallen und rannte los. »Hab ich euch endlich!«

Hectors Happy Meal

»Lauft!«, rief Japhet, löste die Bremse von dem Müllcontainer und trat dagegen.

Der Container rollte auf den Mann zu. Der drückte sich an die Hauswand, um nicht platt gewalzt zu werden.

»Satansbraten«, schrie er. Und noch etwas, doch das hörten sie nicht mehr. Sie liefen aus der Gasse. Bogen scharf ab. Achteten auf nichts und niemanden. Zehn Minuten lang. Dann stoppte Japhet abrupt.

»Das reicht«, schnaufte er.

Sem hielt sich die Seite. »Werden wir nicht mehr verfolgt?«

»Wurden wir nie«, sagte Japhet.

Helga sah sich um. »Nein?«

»Natürlich nicht.«

»Und warum bleiben wir dann erst jetzt stehen?«

»Weil wir *erst jetzt* da sind.« Japhet zeigte auf den gegenüberliegenden Eissalon.

Helga starrte ihn mit offenem Mund an.

Japhet lachte. »Was?«

»Wehe das Eis ist nicht gut«, knurrte Sem.

Sie setzten sich an einem der runden Tische vor dem Laden. Altes Geschirr stand noch drauf und unter einer Tasse klemmte ein Fünfer. Japhet wollte gerade zugreifen, doch die Bedienung kam ihm zuvor und räumte alles weg.

»Was darf es sein?«, fragte sie.

Sem und Helga entschieden sich für einen Bananensplit. Japhet bestellte einen Früchtebecher.

»Kommt sofort.«

Tatsächlich warteten sie keine Minute darauf. Als die Bedienung das Eis brachte, fragte Sem: »Haben Sie einen Kanister Desinfektionsmittel?«

Eine Augenbraue schoss hoch. »Hier gibt es keine Drogen!« Sie schüttelte den Kopf und wuselte davon.

»Wozu brauchst du den?«, fragte Helga. Auch Japhet guckte gespannt.

Sem druckste herum, blieb ihnen die Antwort aber schuldig. Das Desinfektionsmittel erhielt er schließlich in einer kleinen Drogerie und schleppte den Kanister mit.

Zum Schluss stoppten sie bei einem McDonalds. Ihnen blieb noch eine halbe Stunde, dann mussten sie zurück beim Wagen sein. Sem und Helga bestellten, Japhet suchte einen Tisch.

Auf einer Bank, nahe dem Ausgang saß Hector mit einem Hamburger in der Hand. Die Hälfte der Tomatensoße klebte in seinem Gesicht, die andere Hälfte tropfte zusammen mit dem Salat auf den Boden.

Ihm blieb aber auch nichts erspart! Reichte es nicht, den Kerl im Wagen wiederzusehen? Japhet wollte sich gerade umdrehen, als ihm die McDonalds-Tüte zwischen Hectors Beinen auffiel. Irgendetwas, das definitiv nicht dort hineingehörte, lugte oben heraus.

»Morsus?« Hector straffte den Rücken und verschluckte sich.

»Überrascht, mich zu sehen?«

Hector schüttele hustend den Kopf. Er schob die Tüte mit den Beinen unauffällig unter die Bank.

Einen Tick zu unauffällig.

»Was hast du da?«

Hector starrte ihn mit hochrotem Kopf an. »Geht dich nichts an.« Er wischte sich mit dem Handrücken die Soße von den Lippen.

»Ich glaube doch.« Japhet versuchte, einen Blick in die Tüte zu werfen.

Hector stand auf, verstellte ihm die Sicht. »Weg da, du Spast!«

Japhet ballte die Fäuste. »Sag das nochmal?«

»Willst du mir eine scheuern?« Hector fuhr sich mit der Zunge über seine Lippen. Zweimal, dreimal. Genauso wie Nick. Das hatte er also schon von ihm gelernt. Diesem aufgeblasenen Schoßhündchen sollte mal jemand eine Lektion erteilen.

Ein großer Pickel prangte auf Hectors Nase. Das brachte ihn auf eine Idee. Er rief sich Spectables Ausführungen in Erinnerung. An keinem Tier der Welt hätte er sich vergriffen, aber an Hector ...

»Was glotzt du so blöde?«

»Netter Pickel, da auf deiner Nase«, sagte Japhet. Er konzentrierte sich.

Stärker. Kniff die Augen zusammen, biss sich auf die Zungenspitze.

»Was machst du da?« Eine Stimme an seinem Ohr. Neben ihm stand Sem.

Schlechtes Timing!

Mit der Konzentration war es vorbei.

Hector bückte sich, presste die Tüte an seinen Schwabbelbauch und dampfte ab.

»Volker wird sie sowieso überprüfen«, rief ihm Japhet nach.

»Soll er doch!«

Sem stemmte die Hände in die Hüften. »Wolltest du gerade ...«

»Was?«, fragte Japhet.

»Zaubern?«, flüsterte Sem.

Japhet schüttelte den Kopf. Die ehrliche Antwort hätte Sem nicht gefallen. »Was hältst du von mir? Glaubst du, ich zaubere? Vor all den Leuten?«

»Ähm, nein«, stammelte Sem.

Das wäre auch wirklich eine dumme Idee gewesen. Was hatte er sich dabei gedacht? Im Nachhinein kam er sich ganz schön dämlich vor. Er musste sich besser unter Kontrolle halten.

»Worüber redet ihr?« Helga. Seit wann stand sie neben ihnen? Jetzt wäre eine ihrer Wortlawinen angebracht, um das Gespräch in eine andere Richtung zu lenken.

Doch Sem glaubte ihm.

Keine weiteren Fragen.

Helga drückte Japhet die McDonalds-Tüte in die Hand.

Hectors Tüte wäre ihm lieber gewesen.

Späte Rache

Montag vor der Morgenhore.

»Mann, hör endlich auf dich zu kratzen! Das macht einen ja irre.« Nick schubste Christopher Richtung Sem.

Der guckte wütend, doch Japhet legte ihm die Hand auf die Schultern. Nicht auffallen! Der Fette hatte Sem noch nicht auf dem Radar, und so sollte es bleiben.

Die Glocke läutete und Pater Pius trat aus dem mittleren Arkadengang. Mit Sorgenfalten im Gesicht musterte er die Aufstellung. Rafik und Gnomi spurteten gerade erst die Treppe herunter und mischten sich dazu.

»Gerade Linien, bitte!«

Seit die älteren Schüler aus den Internaten zurückgekehrt waren, brauchte der Schulvorsteher länger, um alle Kinder zu erfassen.

»Domine, labia mea aperies«, sagte er schließlich und Japhet klinkte sich aus.

Nach der Morgenhore verteilte Pater Pius die Aufgaben. Als er fertig war, verharrte Japhet auf seinem Platz. Er hatte nicht mitbekommen, welcher Arbeit er nachgehen sollte. Da hob Albine die Hand. »Sie haben mich vergessen!«

»Das habe ich nicht.« Er wandte sich an Japhet. »Ihr beide kümmert euch um den ramponierten Rasen des Fußballplatzes.«

»Nein!«, rief Albine.

»Warum ich?«, motzte Japhet. Sollten doch die, die am Sonntag den Platz so zugerichtet hatten, die Arbeit erledigen.

»Jeder kommt mal dran!«

»Aber nicht mit Japhet. Das überlebe ich nicht«, sagte Albine.

»Dann übernehme ich deine Aufgabe«, sagte Sem.

»Kommt nicht in Frage!« Pater Pius klatschte in die Hände. »Du hast diese Woche Küchendienst. Und kein Wort mehr!«

Welche Laus war dem Schulvorsteher über die Leber gelaufen? Da fiel es Japhet wie Schuppen von den Augen. Heute begann dieser Bulle mit seinen Nachforschungen.

Eine Stunde später liefen Japhet und Albine zu Frater Luis auf den Fußballplatz. Japhet rollte die Augen. Er hasste den Sportlehrer und seine protzige Art.

»Es ist ganz einfach«, sagte Luis. »Die aufgerissenen Teile des Rasens schiebt ihr mit euren Schuhen zurück an den Platz.« Er zeigte es vor. »Und schön festdrücken! Die kahlen Stellen bestreut ihr mit Samen.« Er reichte jeden einen Sack voll. Dann wandte er sich ab.

Albine lief ihm hinterher. »Sie gehen doch nicht?«

»Ich werde eure Arbeit später kontrollieren.«

»Aber ...«

Sie entfernten sich, sodass Japhet sie nicht mehr verstehen konnte. Frater Luis verschwand schließlich und Albine stand allein mitten im Feld. Sie machte keine Anstalten zu Japhet zurückzukommen. Stattdessen begann sie Pink

Floyds »Another brick in a wall« zu singen. Immer und immer wieder. Wie ein Mantra.

Japhet schob einen aufgerissenen Teil Wiese mit dem Schuh zurück an seinen Platz.

We don't need no education ...

Der Scheißtext brannte sich bereits in sein Gehirn.

Wenn sie nicht gleich die Klappe hielt ...

Er steuerte auf sie zu und trat in einen Maulwurfhügel. Erde spritzte. »Halt die Klappe!«

Albine zuckte zusammen. »Komm bloß nicht näher!«

Japhet machte einen Schritt.

»Ich schreie!«

Japhet zuckte die Schultern. »Mach doch!«

Sie presste die Lippen so fest aufeinander, dass sie nur noch eine schmale Linie waren.

»Gut. Und jetzt fang an zu arbeiten!«

Albine ging ein paar Schritte zurück und zog sich Handschuhe an. »Der Teufel auf deiner Schulter stößt den Engel auf der anderen Seite runter«, murmelte sie. Dann streute sie Samen auf eine kahle Stelle.

Japhet folgte ihr nicht. Hatte sie gerade Teufel gesagt? Besser er fragte nicht nach. Nicht, dass sie wieder mit einer Katz- und Mausgeschichte anfing.

Kurz vor dem Kaminzimmer tauchten sie auf. Nick, B5 und Hector standen plötzlich vor ihm. Und ihre Körpersprache war eindeutig. Die Os-Frangos waren auf Ärger aus.

Er hätte nach der Arbeit nicht über die Stallungen zurück ins Kloster gehen sollen. Aber er wollte Swetlana sehen. Ihr den Apfel bringen, den er gefunden hatte. Jetzt blieb ihm nichts anderes übrig, als an den Dreien vorbei zu gehen. Doch sie versperrten ihm den Weg.

»Lasst mich durch.«

»Was gibst du uns dafür?«, fragte Nick.

Japhet schüttelte den Kopf. Die Zeiten, in denen er sich schikanieren ließ, waren vorbei.

»Ich finde, zehn Mark sind ein angemessener Wegzoll«, fuhr Nick fort.

»Für jeden von uns«, ergänzte B5.

»Tja dann habt ihr wohl ein Problem, das auszurechnen?«, sagte Japhet.

Hector schnaubte.

»Ruhig«, sagte Nick und lächelte. »Schöner Haarschnitt. Warum hast du sie abgeschnitten? Ich mochte es, daran zu ziehen.«

Japhet kniff die Augen zusammen. Nick wusste, wer ihm die Haare abgeschnitten hatte, sonst hätte er es nicht erwähnt.

Wie auf Kommando zogen sie aus ihren Stiefeln Springmesser heraus. Und weitere Waffen.

Wurfsterne?

Wo hatten sie die her?

Hector grinste.

Toll. Er hätte ihm die Tüte wegnehmen sollen.

Nick rollte die Ärmel hoch, entblößte ein Tattoo in seiner Ellenbeuge. Ein Hakenkreuz? Wann hatte er sich denn das geritzt?

Andererseits konnte das auch ein Zeichen sein!

Gestern Abend hatte er noch in dem Buch über mediale Zauber gelesen. Sem hatte schon geschlafen. Interessante Dinge hatte Japhet dort entdeckt.

Den inneren Brand zum Beispiel.

Nick spielte mit seinem Bizeps. »Also was ist jetzt?«

Es gab Situationen, in denen mediale Zauber angebracht waren. Und diesmal könnte es klappen. Er konzentrierte sich auf das Hakenkreuz, lenkte seine Gedanken nur auf diese eine Stelle.

»Was glotzt du so komisch?«, fragte Nick.

»So hat er mich neulich auch angesehen«, erklärte Hector.

»Und?«, erkundigte sich Nick.

»Kein Grund zur Sorge.«

Ach ja? Ohne zu blinzeln, fixierte Japhet das Hakenkreuz noch stärker. Er wich nicht zurück, als Nick näher kam.

»Soll ich dir auch eines brennen?«, feixte Nick.

Japhet biss die Zähne zusammen, ballte die Fäuste. Drei, zwei. Komm schon! Eins. »Brennen-klingt-gut«, presste er hervor.

Nick kratze sich. Noch mal und noch mal. »Was zum Geier ...«

Ein roter Kreis dehnte sich in der Ellenbeuge aus, wurde größer, umfasste das Tattoo, den Oberarm, den halben Unterarm.

Japhet lächelte. Es klappte. Vielleicht hatte Spectable Recht und er war wirklich etwas Besonderes.

Nick wich einen Schritt zurück, pustete auf seinen Arm. »Scheiße ist das heiß. Hör sofort auf!«

110

»Hättest du wohl gern.«

»Helft mir!«

Nicks Freunde machten einen Schritt auf Japhet zu. Der wich nicht zurück und Nick wimmerte. Seine Freunde suchten das Weite. Wie zwei geprügelte Hunde.

»Schöne Freunde hast du.«

Nicks Arm glühte. Verzweifelt riss er sich das Shirt vom Leib und schlug damit auf den Arm, um das Feuer zu löschen. Doch Nick brannte von innen.

Japhet nickte zufrieden.

Für alles, was du mir kaputtgemacht hast. Den Radio, das Pappschiff, Mamas Foto.

Für die Demütigungen. Das Sexheft, die rote Unterhose.

Für die Tritte und Schläge.

Japhet brach den Bann erst, als Nick am Boden lag und sich nicht mehr rührte.

Er trat mit dem Schuh gegen die zweihundert Kilo Fett.

Keine Reaktion.

Dieser Idiot hatte es nicht anders verdient. Nie wieder sollte er ihm zu nahe kommen.

»Wird ein paar schlimme Narben geben«, lachte er. Wahrscheinlich würde sich Nick nicht einmal von Mutter Henriette verarzten lassen, denn dann würde sie die Tätowierung sehen.

»Du hast mich die längste Zeit blöd angemacht.« Immer noch lachend drehte sich Japhet herum und ... verstummte.

Mit offenem Mund, die Hände vor der Brust verschränkt, starrte Sem ihn an.

Der Streit

»Was hätte ich tun sollen?«, fragte Japhet.

Sem saß auf dem Bett und baumelte mit den Beinen.

»Komm schon. Rede mit mir!« Japhet knuffte ihn von der Seite.

Endlich sah Sem hoch. »Lass das!«

Die ersten Worte seit dem Vorfall. Ein Anfang.

»Ah, du kannst ja doch sprechen.«

Sem sprang aus dem Bett. »Du hast ihn fast umgebracht!«

»Der erholt sich schon wieder.«

»Und tust gerade so, als wäre nichts passiert.« Sem ging zum Tisch und schlug mit der flachen Hand darauf.

Japhet schluckte. Was war so schlimm daran, Nick eine Lektion zu erteilen? »Wäre es dir lieber gewesen, wenn er *mich* grün und blau geprügelt hätte?«

Wäre nicht das erste Mal gewesen. Aber woher sollte Sem das wissen. Das zwischen ihm und Nick war ganz anders als das, was zwischen Sem und Marek lief.

»Natürlich nicht«, sagte Sem.

»Aber?«

»Du hättest nicht zaubern müssen.«

»Sondern?«

»Du hättest weglaufen können.«

»Bin ich lang genug.«

Sem seufzte. »Ich hasse es, wenn du deine Kräfte einsetzt. Irgendetwas sagt mir, dass ich das verhindern muss.« Er trat an Japhets Bett und griff zwischen Lattenrost und Matratze. »Ich habe diese Bücher gefunden.« Er blätterte eines davon vor Japhets Nase durch. »Was ist das für eine Schule, die jungen Menschen lehrt, jemanden zu verbrennen? Oder hier.« Sem zeigte auf eine Stelle im Text. »... entzieht der Luft den Sauerstoff und tötet jedes Lebewesen binnen kurzer Zeit.«

Japhet griff eingeschnappt nach den Büchern. »Du stöberst in meinen Sachen?«

Sem schüttelte den Kopf. »Tommas hatte es. Ich hab es ihm nur weggenommen.«

Das wurde ja immer besser. »Meine Sachen gehen euch nichts an!«

»Siehst du nicht, dass diese Dinge nicht ganz koscher sind?« Sem zeigte auf die Bücher.

Japhet warf sie in seinen Schrank. »Koscher! Zuviel mit Rafik rumgehangen?«

»Lenk nicht ab!« Japhet legte einen Arm um Sems Schultern. »Mach dir keine Sorgen.«

»Das ist es nicht«, widersprach Sem. »Ich meine, ich ... ich bin mir nicht sicher ob diese Zauberschule, die richtige für dich ist.« Seine Stimme war mit jedem Wort leiser geworden.

Japhet nahm den Arm von Sem. Er runzelte die Stirn. »Wäre es dir lieber, wenn ich auf die Os-Frango komme?«

Sem schwieg.

Japhet schüttelte den Kopf. »Das ist nicht dein Ernst.« Nach allem, was Sem getan hatte, um ihn vor dieser Schule zu bewahren.

»Ich will nur nicht ...«

»Ja? Sprich dich aus?«

»Versprich mir, nie wieder Kräfte einzusetzen, die einem anderen Schaden zufügen.«

»Auch nicht, um mich zu verteidigen? Oder Dich?«

»Nie wieder!«

»Kann ich nicht.« Die Worte kamen über seine Lippen, ohne darüber nachzudenken.

Sem schnappte nach Luft. »Dann rede ich kein Wort mehr mit dir.«

»Dann rede ich kein Wort mehr mit dir«, äffte Japhet ihn nach. »Sind wir im Kindergarten? Ich bin nun mal ein Zauberer und das kannst du nicht ändern.«

»Ja leider.« Sem schlug sich die Hand vor den Mund.

»Ach. Zauberer sind also so furchtbar?«

»Das habe ich nicht gesagt.«

Aber gedacht. Japhet bohrte Sem den Zeigefinger in die Brust. »Fragt sich nur, was du dann von mir willst?« Seine Stimme war fest und kalt. »Und ich dachte wir wären Freunde. Wie konnte ich mich nur so täuschen?«

»Aber ...«

»Ich sag dir mal was. In Wahrheit war *es cool,* Nick anzukokeln. Und ich würde es jederzeit wiedertun! Aber wenn es dir nicht passt, dass ich ein Zauberer bin, dann such dir doch einen anderen Freund. Marek zum Beispiel.« Er lief zur Tür, riss an der Klinke. »Wenn du erst auf die Sonnentaler gehst, bist du mich sowieso los.« Mit diesen Worten knallte er die Tür hinter sich zu.

Herr seiner Sinne

Morsus fühlte sich besser. In den letzten Tagen hatten ihn Kopfschmerzen ans Bett gefesselt. Kopfschmerzen von der Intensität einer Abrissbirne. Dazu Gedankenaussetzer und Hirngespinste. Als wäre er nicht er selbst. Als würde ein Teil von ihm verschwinden.

»Vielleicht eine beginnende Grippe«, hatte Roland gemeint. Doch das war es nicht. Solange er sich erinnern konnte, war er nie krank gewesen.

Zuerst waren es nur diese Träume gewesen. Träume von seiner Kindheit, Träume von Khans Sohn. Als würde er ihn kennen.

Diesen verdammten Bengel! Seit Monaten versuchte er seinen Namen herauszubekommen. Erfolglos.

Wenigstens hatten die Kopfschmerzen nachgelassen. Wieder Herr seiner Sinne stieg er aus dem Bett und zog sich an. Vielleicht gab es inzwischen Neuigkeiten. Besuche hatte er seit Tagen keine mehr empfangen.

Roland saß am Schreibtisch und brütete über einem dicken Buch. Er schreckte hoch, als Morsus plötzlich vor ihm stand.

»Interessante Lektüre?«

»Kann ich nicht sagen.« Roland griff in die Schublade, um das Rad der Zeit hervorzuholen.

Morsus runzelte die Stirn. Hatte er nicht Linus damit beauftragt? Linus? Der Name kam ihm plötzlich so fremd vor. So ...

Woran hatte er noch gleich gedacht?

»Hier steht, dass das Rad der Zeit von einem Mann namens Stephan Waleran in Tibet gefunden wurde und über Umwege nach Europa gelangte. Angeblich soll er ein Zauberer gewesen

sein, der mit einem weißen Tiger um die ganze Welt gereist ist, um magische Gegenstände zu sammeln.«

Morsus horchte auf. Hatte Roland gerade etwas von einem weißen Tiger gefaselt?

»Waleran soll eine Menge magische Gegenstände gefunden haben, wurde aber im vierzehnten Jahrhundert Opfer der Hexenverfolgungen und starb am Scheiterhaufen. Seine Sammlung gilt seither als verschollen, wenn auch immer noch bewacht von dem Geist des weißen Tigers. Ziemlicher Schwachsinn, wenn du mich fragst.«

»Keineswegs«, sagte Morsus. Der Schatz existierte wirklich. Er hatte ihn als Jungen unter dem CuraNaus entdeckt genauso wie den weißen Tiger. Unter den Gegenständen befand sich auch das Buch ins Leben, mit dem er Khans Sohn ausfindig machen wollte. Das Rad der Zeit musste aber woanders versteckt gewesen sein, denn es war nicht bei dem ganzen Kram, den er damals gefunden hatte.

»Angeblich kann man mit dem Rad der Zeit in die Vergangenheit reisen«, fuhr Roland fort. »Das Problem ist nur, dass man es nicht allzu oft hintereinander verwenden kann.«

Morsus nahm das Rad vom Tisch und strich über die goldene Münze, die darin eingefasst war. Wenn der junge Khan tatsächlich in die Vergangenheit gereist war, musste er ihm folgen. »Wann funktioniert es wieder?«

Roland räusperte sich. »In so hundertfünfzig Jahren.«

Na wunderbar. Morsus schluckte seinen Frust hinunter.

»Aber ich habe auch etwas über den Jungen herausgefunden. Es gibt da vielleicht jemanden, der ihn kennt«, fuhr Roland fort.

»Wen?«

Roland presste seine fleischigen Finger aneinander. »Ralph Peters.«

Sollte ihm der Name etwas sagen?

»Er verkehrte mit den Erlösern und war kurze Zeit sogar Mitglied.«

»Und ist noch am Leben?« Ausgeschlossen. Erlöser erfuhren keine Gnade.

»Peters verließ die Gemeinschaft und hatte sich damals freiwillig gestellt.«

»So?« Daran erinnerte er sich nicht. »Hast du ihn schon befragt?«

Roland schüttelte den Kopf. »Geht nicht.«

»Und warum nicht?«

»Er sitzt im Gadbet.«

Nichts mehr so wie früher

Japhet gabelte geistesabwesend eine Fuhre Heu auf die Drähte des Schwedenreiters - eine Art Wäscheleine für das nicht ganz trockene Heu. Die Hälfte plumpste zurück auf den Boden. Prima. Er trat gegen das Drahtgestell.

Das hier war noch nie sein Ding gewesen.

Er stützte sich auf die Heugabel und starrte zum Fußballplatz. Die Sonnentaler waren für das Training von der Heuernte freigestellt worden. Frechheit!

Trotz der Entfernung war Sem leicht zu erkennen. Er war der Kleine mit dem viel zu langen Shirt.

Japhet folgte dem Ball. Sem am Zug. Er war flink. Japhet bohrte sich die Fingernägel ins Fleisch. Seit über einer Woche herrschte Funkstille zwischen ihnen.

Sollte er sich bei Sem entschuldigen? Er warf die Heugabel weg. Sem war es, der sich entschuldigen sollte!

Helga schob ihm einen weiteren Haufen Heu vor die Füße.

»Hey schieb den Dreck woanders hin!«

Sie schüttelte den Kopf. »Wie lange soll ich noch zusehen? Habt ihr euch so den Sommer vorgestellt?«

»Frag nicht so blöd!«

»Dann unternimm was.«

»Ich?«

»Sem wartet darauf.«

»Hat er das gesagt?«

»Kein Wort. Er fühlt sich genauso elend wie du.«

»Das sieht man.« Japhet zeigte auf den Fußballplatz. »Er ist schon ein richtiger Sonnentaler.«

»Und du ein richtiger Kotzbrocken.«

»Aaaaaaaachtung!« Tim schlitterte mit einem zerrissenen Jutesack über das Heu. Tom versuchte, ihn zu fangen. Die beiden verwechselten mal wieder Arbeit mit Spiel. Tim blieb vor Japhet stehen. Erschrocken blickte er hoch, packte den Sack und lief fort.

»Das wird ja immer schlimmer«, sagte Helga. Nick hatte alle vor ihm gewarnt. *Kommt dem Verrückten nicht in die Quere! Der verbrennt euch bei lebendigem Leib!*

»Ist mir egal«, sagte Japhet.

»Und was ist mit Sem?«, fragte Helga.

Japhet schwieg.

»Schön.« Sie zog die Gabel aus dem Heu und drehte sich um. »Schweigen wir uns alle an, bis der Sommer vorbei ist, dann fällt es uns wenigstens leichter, im Herbst getrennte Wege zu gehen.« Ihr Zopf schlug gegen den Rücken, als sie die Wiese hochlief, um mit den anderen weiter Heu nach unten zu gabeln.

Später am Abend traf er Albine.

»Du musst mir einen Gefallen tun.«

»Ich muss überhaupt nichts.«

»Aber jetzt sitzen schon zwei Teufel auf deiner Schulter.«

Ausgerechnet Albine, die immer Angst vor ihm hatte, laberte ihn voll.

»Es geht um Leben und Tod.«

»Toter kann ich mich nicht fühlen.« Japhet stockte. Hatte er das gerade laut gesagt? Helga hatte recht. Er musste sich mit Sem versöhnen.

Albine schlug sich auf die Stirn. »Ich muss das anders angehen. Nicht wahr?« Sie stakste wie ein Storch aus dem Kaminzimmer.

Japhet hatte nicht den blassesten Schimmer, zu welcher Erkenntnis sie gekommen war, aber die eigene Erkenntnis war ohnehin viel wichtiger.

Er rannte los. Was war er für ein Dummkopf gewesen? Kein dämlicher Streit sollte zwischen ihm und Sem stehen. Wenn nötig, würde er sogar auf mediale Zauber verzichten. *Sem, es tut mir leid.* Die Worte lagen ihm auf der Zunge.

Dann hörte er Stimmen. Sie kamen aus seinem Zimmer.

Er trat näher, horchte, schob die Tür einen Spalt auf und lugte hinein.

Dort herrschte eine ausgelassene Stimmung. Gnomi, Marek, Tommas, Richard, Gustav, Michael ... fast alle Sonnentaler auf einem Haufen. Und mittendrin Sem.

»Das war vielleicht ein Match.«

»Hast du Frater Luis gesehen? Ich glaube, der hat noch nie so gestrahlt.«

»Wenn diese Sportheinis kommen, werden wir sie in Grund und Boden stampfen.«

»Und Sem, dass du so ein guter Fußballer bist, hast du uns verschwiegen.«

Japhet schnappte nach Luft. Er wollte sich mit seinem einzigen Freund versöhnen. Endlich. Weil er ihn vermisste und glaubte, dass Sem ihn ebenso vermisste.

Pff! Er war völlig überflüssig.

Japhet hatte plötzlich wieder Spectables Stimme im Ohr. *Du willst bleiben? Bei all diesen Gewöhnlichen? Aus welchem Grund?*

Japhet schluckte. Aus gar keinem Grund! Er drehte sich um und ging. Hier hatte er nichts mehr zu suchen.

Das Gadbet

Morsus erreichte das Gelände, es war bereits dunkel. Das Tor fiel hinter ihm ins Schloss und zwei Männer bezogen links und rechts davon Position. Er parkte den Wagen, ohne den Schlüssel abzuziehen, und stieg aus. Eigentlich brauchte er kein Auto. Doch dem Ferrari hatte er nicht widerstehen können. Daneben war es die reinste Tortur, sich in Luft aufzulösen und mit dem Wind zu segeln.

Er schlug die Autotür zu und blickte stolz auf das Gadbet, das zehnstöckige Gebäude vor ihm. Mit ihm waren die Zauberer endgültig aus ihren Schatten getreten. Viel zu lange hatten sie im Verborgenen existiert. Unter sich gelebt, ohne mit ihren Fähigkeiten anzugeben. Das Versteckspiel war vorbei. Nun waren es die Gewöhnlichen, die sich an die Gesetze der Zauberer halten mussten.

Sein Mantel wehte in der Nacht, als er auf das Gebäude zuging. Hier wurde den Gewöhnlichen vor Augen geführt, was mit denen geschah, die sich nicht an die Regeln hielten. Hier wurden die eingesperrt, die in den herkömmlichen Gefängnissen nicht spurten. Jene, die keine Begnadigung verdienten.

Er berührte die Mauern. Zwei Meter dick. Fenster- und türenlos.

Morsus löste sich auf und drang durch die Wand. Auf der anderen Seite setzte sich sein Körper wieder zusammen, als wäre nichts gewesen. Er atmete tief ein, streifte seinen Mantel glatt und ging weiter. Die abgestandene Luft störte ihn nicht.

Er ging die Treppe nach oben, die sich um einen riesigen Quader in der Mitte des Raumes wandt. Seine Absätze klackten mit jedem Schritt. Die Treppe endete unterhalb der Decke.

Morsus setzte sich auf den Rand des hohlen Quaders, in dem blaue Lava brodelte. Was nun kam, war kein Vergnügen. Doch der Eingang, den die Gewöhnlichen nehmen mussten, wenn sie verurteilt wurden, war nur mit drei weiteren Zauberern zu öffnen.

Er schöpfte aus seinen Kräften, holte Luft und ließ sich in die glühend heiße Masse fallen. Sein Körper erhitzte sich auf tausend Grad und wurde eins mit der Lava. Ihm kam es wie Stunden vor. Für einen Moment wusste er nicht wo oben und unten war, links und rechts. Schwamm er? Flog er? Existierte er noch?

Warum war er überhaupt hier? Verlor er seinen Verstand? Walle, walle, manche Strecke, dass zum Zwecke, Wasser fließe ...

Wasser! Durst!

Und dann war es vorbei.

Sein Körper materialisierte sich und er landete auf einer Couch. Der hässlichsten Couch der Welt. Lippenförmig und knallrot. Ein Familienerbstück hatte ihm Guido einmal erzählt. Hässlich war sie trotzdem.

Er schnappte nach Luft.

»Morsus, Herzchen, schön, dass du da bist.« Guido tänzelte zu ihm und küsste seine Wangen. Links, rechts, nochmals links. Er setzte sich mit kerzengeradem Rücken hin, die Knie aneinandergedrückt, die Beine leicht seitlich weggestreckt.

Musste Guido so offen zeigen, dass er schwul war?

»Stimmt etwas nicht?«

Morsus hielt den Mund, konnte es sich nicht leisten, Guido als Gefängnisdirektor zu verlieren.

»Einen Moment.« Er stand auf, um sich an der Spüle ein Glas Wasser einzuschenken. Er war durstig, seine Hände zitterten und die Kleinfinger pulsierten rot. Ein Zeichen, dass er seine

Kräfte überstrapaziert hatte. »Irgendwelche Neuigkeiten?«, fragte er.

»Alles friedlich. Keine neuen Gefangenen seit drei Monaten. Langsam haben alle kapiert, dass es besser ist, nicht gegen uns zu arbeiten.«

»Hmmm.« Wurde auch Zeit. Wenn die Gewöhnlichen ihren gewöhnlichen Arbeiten nachgingen, konnten sich die Zauberer um andere Dinge kümmern. Er leerte das Glas in einem Zug und schenkte sich noch einmal ein. Seine Hände hörten auf zu zittern. »Und was ist mit den Erlösern?« Er spuckte das letzte Wort aus, als hätte er Gift getrunken.

»Dürften nicht mehr viele übrig sein. Seit Khans Tod gab es keine neuen Aufstände.«

Morsus setzte sich mit dem Glas zurück auf die Couch. Gut. Die Erlöser hatten in der Vergangenheit genug Ärger gemacht.

Guido nahm ihm das Glas ab und stellte es auf einen Untersatz auf den Tisch. »Du weißt, ich hasse Wasserflecken.« Er öffnete den obersten Knopf seines Hemdes. »Heiß.«

Morsus schielte zur brodelnden Lavadecke über ihm. Wie es Guido die ganze Zeit in diesem Kessel aushielt, war ihm ein Rätsel.

»Was ist mit dem Mann in Zelle vierundzwanzig?« Der einzige Gefangene, der mit den Erlösern in Verbindung stand, und nur deshalb noch lebte, weil er sich selbst gestellt hatte.

»Peters?« Guido rutschte näher zu Morsus. »Isst wenig, spricht kaum, tut, was man ihm sagt.«

»Ich will zu ihm.«

»Jetzt?«

Morsus drehte den Kopf zur Seite, damit Guido nicht sah, wie er die Augen rollte.

Guido machte ein beleidigtes Gesicht, knöpfte sein Hemd zu und schälte sich aus der Couch.

Was hatte er sich erhofft? Poppen im Dienstzimmer? Vielleicht auch noch auf dieser hässlichen Couch?

»Mir nach.« Guido bedeute ihm zu folgen und verließ den Raum durch eine Stahltür. Sie war nicht abgeschlossen; das war auch nicht nötig. Kein Gefangener würde sie je erreichen.

Morsus folgte ihm in den Gefangenentrakt. Eine Zelle neben der anderen. Jede besetzt.

»Morsus«, hauchte eine alte Frau mit schlohweißen Haaren. Sie verbarg das Gesicht hinter ihren Händen. Die Männer in den nächsten Zellen waren weniger leutselig. Sie hielten seinem Blick stand, glotzten grimmig. Morsus lächelte. Ihr werdet auch noch zahm.

Vor Zelle vierundzwanzig blieb Guido stehen. Er schlug mit einem Stock gegen die Gitterstäbe, um den Gefangenen aufzuwecken. »Besuch für dich, mein Kleiner.«

Peters fuhr von seiner Pritsche hoch und starrte Morsus angsterfüllt an. »Gekommen, um mich zu töten?« Seine Stimme war heiser.

»Nein!« Morsus löste sich kurz auf, um durch die Gitterstäbe zu schlüpfen. Auf der anderen Seite legte er einen Arm um Peters' Schultern. »Wie ich hörte, machen Sie sich hervorragend.«

Peters zuckte zusammen und starrte auf den Boden.

»Ich möchte Ihnen ein Geschäft vorschlagen. Beantworten Sie meine Fragen und Sie sind bei der nächsten Sonnenwende ein freier Mann.«

Peters wagte es nicht, hochzusehen, doch seine Haltung wurde lockerer.

»Was wollen Sie wissen?«

»Sie gehörten zu den Erlösern?«

Peters nickte.

»Wie lange?«

»Ein paar Monate, drei, vielleicht vier.«

»Wer war Ihr Anführer? Khan? Ronko?«

»Khan.«

Sehr gut. Das erleichterte die Sache.

»Hat Khan jemals über seine Familie gesprochen. Über seine Kinder?«

Er sagte absichtlich Kinder. Nicht Sohn. Wenn Peters log, würde er es sofort bemerken.

Peters hob den Kopf, senkte ihn aber sofort wieder. »Nie.«

Die Antwort kam zu schnell.

»Wie schade.« Morsus wechselte einen Blick mit Guido. »Dann verschwende ich hier nur meine Zeit.« Er löste den Griff um Peters Schultern und ging.

»Warten Sie!« Peters packte Morsus' Arm. Sofort ließ er ihn wieder los. »Ich denke, er hat einen Sohn.«

Morsus drehte sich nicht um, blieb aber vor den Gitterstäben stehen. »Ich bin ganz Ohr.«

Peters hüstelte. »Es war ein Gespräch zwischen ihm und einem der Männer. Ich habe es zufällig mitgehört. Dabei ging es um einen Jungen.«

»Sprechen Sie weiter!«

»Er sagte, er würde nicht zulassen, dass ihm was passiert. Seinem eigenen Kind.«

»Wobei?«

»Das habe ich nicht mitbekommen.«

»Hat er einen Namen genannt?«

»Khan hat nie irgendwelche Namen genannt, wollte auch meinen nicht wissen. Gebt auf eure Namen acht, hat er immer gesagt. Nehmt Decknamen!«

Morsus' Finger zitterten. Er griff nach den Gitterstäben und umschloss sie fest, um das Zittern zu verbergen. Konnte es sein, dass Khan von dem Buch gewusst hatte? War es deshalb so schwer, die Erlöser aufzuspüren? Das ergab Sinn.

»Dann kennen Sie von keinem den richtigen Namen?«, bohrte Morsus weiter nach.

»So wahr ich hier stehe.«

Morsus lehnte sich an die Gitterstäbe. So sehr es ihm missfiel, er glaubte ihm. Peters hatte alles gesagt, was er wusste. Leider brachte ihn das kein Stück weiter. Was nützten ihm Decknamen? »Wie nannte sich der Mann, mit dem Khan sich unterhalten hatte?«, fragte er trotzdem.

Peters atmete tief durch. »Gnomi. Sie nannten ihn immer nur Gnomi.«

Die goldene Münze

Japhet lag im Bett und träumte. Pater Rubens stand in der Meranhalle und leitete die Morgenhore. Die Stimme des Priors wurde merkwürdig verstärkt.

»Ich muss euch leider mitteilen, dass Gott unseren geliebten Bruder, Frater Friedrich, gestern Nacht zu sich ins Himmelreich gerufen hat. Wir werden ihn als liebevollen Vater und Menschen immer in unseren Herzen behalten.«

Japhet unterdrückte ein Lachen. Nicht alle von uns!

»Am Nachmittag wollen wir gemeinsam für ihn beten.«

Sicher nicht!

»Das Amt des Schulvorstehers übernimmt Pater Pius. Und ein neuer Bruder wird Frater Friedrich in Zahlenlehre ersetzen. Sein Name ist Frater Lysander Schrey.«

Japhet erwachte mit Schreys Namen im Ohr. Konnte sich dieser Wichser nicht endlich aus seinen Träumen verpissen?!

Er drehte sich um und schielte auf die Zeiger des Weckers. Kurz nach Mitternacht.

Ein leises Geräusch.

Hatte da gerade jemand die Zimmertür zugezogen? Japhet setzte sich auf und kontrollierte die Matratzen. Sems Bett war leer. Wo mochte er hingegangen sein? Auf die Toilette? Drückten die vielen Getränke, die er am Abend gekippt hatte, auf die Blase? Geschah ihm recht!

Doch plötzlich musste Japhet auch.

Er schwang die Beine aus dem Bett und lief über den Teppichboden.

Bis zur Toilette. Leer. Die drei Schwingtüren standen offen und auch an den Pinkelbecken lehnte niemand.

Japhet erleichterte sich.

Und jetzt? Er guckte ins Badezimmer. Keine Spur von Sem. Wo steckte der? Feierte er wieder mit den Sonnentalern? Vielleicht hatten sie ihm eine Mutprobe aufgeschwatzt.

»Hänge unsere Fahne aus dem Giebelfenster!« Oder sowas Saublödes.

Und Sem würde es machen. Dieser Idiot!

Japhet zuckte die Schultern und machte kehrt. Wenn Sem unbedingt in den Karzer wollte, selbst Schuld.

Auf der gegenüberliegenden Seite des Flurs knarrte es.

Japhet blieb stehen, drehte sich um. Sollte er ...

Ach verdammt.

Er hatte sich doch längst entschieden.

Japhet schloss die Augen und atmete tief ein. Hatte Sems Vanillegeruch sofort in der Nase. Folgte dem Duft bis zur Zimmertür von Gnomi, Rafik und Christopher. Er roch, dass noch zwei weitere Jungs im Zimmer waren, konnte sie aber nicht zuordnen. Gustav vielleicht? Oder Michael? Sie rochen langweilig. Nicht wie Sem.

Die Tür stand einen Spalt offen.

Was wollte Sem da drinnen? Mitten in der Nacht.

Japhet wartete, ob er wieder rauskam, doch nichts passierte.

Er drückte die Tür auf und spähte ins Zimmer.

Sem stand neben einem kleinen Globus auf Gnomis Nachttisch, der das Zimmer in sanftes Licht tauchte. Als

Sem Japhet bemerkte, zog er blitzschnell die Hand von Gnomis Hals. Wollte er ihn gerade erwürgen?

Er legte den Zeigefinger auf seine Lippen. Mit dem Zeigefinger der anderen Hand deutete er auf Gnomis Ketten. Der trug sie auch beim Schlafen. Was wollte Sem damit?

Christopher grunzte und drehte sich von der einen auf die andere Bettseite. Japhet kam sich vor wie in einem schlechten Film. Was sollte er den Jungs sagen, wenn diese aufwachen? Dass sich Sem eine Ausrede zurechtgelegt hatte, bezweifelte er. Der fummelte erneut an Gnomis Ketten herum. Vorsichtig versuchte er, den Verschluss zu öffnen. Doch jedes Mal wenn er den Schließmechanismus fast durchgedrückt hatte, zuckte seine Hand zurück. Das war ja nicht mit anzusehen. Japhet schlich zu Sem und schob ihn zur Seite. Gekonnt öffnete er den Drücker und löste den Anhänger von der Kette. Es war die goldene Münze, von der Sem behauptet hatte, sie sähe seiner nur ähnlich. Sem zeigte zur Tür.

Okay, nichts wie weg.

Doch dann trat er auf eine leere Chipstüte.

Sie knisterte. Wie paralysiert hielten beide inne. Na toll, Gnomi und die Überreste seiner Gefräßigkeit als Alarmanlage!

Niemand erwachte. Zum Glück hatten alle im Zimmer einen tiefen Schlaf.

Sem atmete auf. Japhet folgte ihm auf den Flur. Sie liefen über den Teppichboden.

Zu den Toiletten. Japhet knipste das Licht an. »Kannst du mir sagen, was das soll?«

Sem starrte ihn mit offenem Mund an.

»Also?« Japhet verschränkte die Hände vor der Brust.

»Du redest ja mit mir.«

»Ich mit dir? Du ignorierst mich doch seit einer Woche!«

»Gar nicht wahr«, protestierte Sem.

»Schon wahr«, sagte Japhet. Wie kindisch sich das anhörte. Er lehnte sich an die Wand. »Wer gut Fußball spielen will, muss viel trainieren. Ich verstehe das.«

»Wovon redest du?«

»Vergiss es.«

»Was hat mein Fußballtraining mit uns zu tun?«

»Naja du hattest die Woche Spaß. Ohne mich.«

»Ich hab nur versucht, mich abzulenken.«

»Blödsinn.«

Sem stemmte die Hände in die Hüften. »Nur deshalb hab ich mich so reingehängt.«

Japhet schluckte. Meinte Sem das ernst? Am Abend im Zimmer hatte das ganz anders ausgesehen. Dass er da gewesen war, verkniff er sich. Zu sehr schmerzte das Bild.

»Es tut mir leid«, sagte Sem endlich. Ich habe mich wie ein Dummkopf benommen.«

Japhet nickte. »Ja das hast du.« Er räusperte sich. »Und ich auch.«

Sem starrte auf den Fußboden.

Japhet schwenkte eine der Toilettentüren, erinnerte sich an die Münze in seiner Hand. »Warum hatte Gnomi deine Münze?«

Sem kratze sich am Hinterkopf. »Das ist eine lange Geschichte.«

»Glaub ich nicht. Du bist nicht Helga.«

Sem lachte. »Also gut. Ich hab sie ihm geschenkt.«

»Einfach so?«

»Ich wollte sie los werden. Mir tat sie nicht gut.«

»Wie meinst du das?«

»Je länger ich sie bei mir hatte, desto wütender wurde ich. Auf mich, auf dich, auf alle. Sie muss was mit meiner Vergangenheit zu tun haben. Und darauf reagiere ich empfindlich.«

»Aber warum hast du sie jetzt zurückgeholt?«

»Das glaubst du nicht.«

»'ne Mutprobe, was?«, sagte Japhet.

»Eine Mut ... hä? Nein!« Sem schüttelte den Kopf. »Albine hat mich darum gebeten.«

Die Heuschnecke hatte sich an Sem gewandt?

»Nachdem ich ihr das Desinfektionsmittel besorgt habe, kommt das öfter vor.«

»Der Kanister war also für Albine, das hätte ich mir denken können«, sagte Japhet.

»Sie sagte, wenn ich ihr die Münze bringe, sorgt sie dafür, dass wir beide uns wieder vertragen.«

Japhet blieb der Mund offen stehen. Dafür hatte es Albine bedurft?

»Was macht ihr hier?« Frater Cornelius stand im Türrahmen, die Hände vor der Brust verschränkt. »Solltet ihr nicht in eueren Betten sein?«

Sollte das der Mönch nicht auch?

Japhet ließ die Münze in seine Hosentasche gleiten. »Wir waren nur ...«

»Das sehe ich«, fuhr ihm Frater Cornelius ins Wort. »Abmarsch!«

Eine seltsame Bitte

Jemand trommelte. Japhet fuhr aus dem Schlaf und rieb sich die Augen.

Wer klopfte schon wieder am Wochenende ... oh ...

Es regnete.

Blitzte und donnerte.

Tommas' Bein landete in Richards Gesicht.

»Auu!« Richard rieb sich die Stirn und setzte sich auf. »Wer war das?«

Unauffällig zog Tommas seinen Fuß zurück. Er starrte aus dem Fenster und pfiff.

Sem gähnte und spähte kurz zu Japhet. Irgendetwas bedrückte ihn.

»Sollen wir gehen?«, fragte Tommas. Er zwinkerte Richard zu und sah zwischen Japhet und Sem hin und her.

Japhet runzelte die Stirn.

»Na komm schon.« Tommas riss Richard die Decke weg, packte seinen Arm und zog ihn von der Matratze.

»Hey«, schimpfte Richard.

»Oh«, meinte Tommas. »Du hättest mich ruhig warnen können.«

Richard lief knallrot an, bückte sich und wickelte sich die Decke um seine Morgenlatte.

»Wir sind dann mal im Bad«, bestimmte Tommas.

»Ähm, ja, Zähneputzen und so«, erwiderte Richard.

Die Beiden benahmen sich sehr merkwürdig.

Im nächsten Moment standen sie schon an der Tür.

Richard ließ die Decke neben dem Heizkörper fallen, dann waren sie weg.

Japhet und Sem blieben allein im Zimmer zurück.

»Was war das denn gerade?«, fragte Japhet.

»Sie wollen, dass wir reden«, erklärte Sem.

»Warum?«

»Ich habe ihnen am Abend gesagt, dass ich nicht mehr Fußball spielen werde, solange die Sache mit dir nicht geklärt ist.«

Japhet horchte auf. Wann? Bei dieser Feier, die er unfreiwillig mitbekommen hatte? Schwer zu glauben. »Und?«, fragte er. »Ist die Sache zwischen uns jetzt geklärt?«

Sem sah zu Boden. »Ich wollte nie, dass du auf die Os-Frango kommst.« Regen klatschte auf die Fensterscheiben.

»Wieso hast du es dann gesagt?«

»Hab ich nicht!« Sem zog die Kordel seiner Pyjamahose enger. »Können wir das nicht alles vergessen?«

Japhet nickte.

In diesem Moment platze Albine ins Zimmer. »Ich hoffe, ich störe nicht.«

Wann tat sie das nicht?

»Habt ihr Gnomi die Münze abgenommen?«, fragte sie.

Japhet starrte an ihr vorbei zum Flur hinaus. Ging es noch lauter?

»Guten Morgen«, sagte Sem.

»Wo ist sie?«

Japhet sprang auf, stampfte zur Tür und schloss sie. Dann fischte er die Münze aus seiner Hosentasche.

»Schön. Nicht?«, sagte Albine.

Japhet hielt sie ihr vor die Nase. »Nimm sie und verschwinde.«

134

Albine schüttelte den Kopf. »Sehe ich aus, als könnte ich damit etwas anfangen?« Sie drückte sich die Haare platt. Vorsichtig, als hätte sie Eier im Nest. Dann wandte sie sich an Sem. »Hast du noch das Buch, das ich dir gegeben habe?«

»Den falschen Sherlock Holmes?«, fragte Sem.

»Was meinst du mit falsch?«, fragte Albine. Sem brachte das Buch zum Vorschein und sagte: »Nur der Einband ist von Doyle. Das Buch selbst stammt von einem unbekannten Autor und handelt von einer Liebesgeschichte.«

»So? Egal.« Albine riss ihm das Buch aus der Hand, nahm auch die Münze und stopfte sie in das ausgestanzte Loch im Buchrücken. Dann wandte sie sich an Japhet. »Bring es zurück in die Bibliothek!«

»Steht Laufbursche auf meiner Stirn?«

Sie drückte ihm das Buch in die Hand.

Japhet grunzte. »Die Bibliothek ist geschlossen«, sagte er mit zusammengebissenen Zähnen.

»Darum frage ich auch dich.«

Japhet starrte zu Sem. Konnte der auch mal was sagen?

»Naja, immerhin hat sie dafür gesorgt, dass wir wieder miteinander reden.«

Das war nicht die Art Hilfe, die er sich gewünscht hätte. »Sonst noch was?«

Sem zuckte die Schultern.

»Schon gut. Ich machs.«

Albine lächelte und verließ das Zimmer.

Japhet schüttelte den Kopf. »Also *die* Albine, die sich vor mir gefürchtet hat, hat mir besser gefallen.«

Der Kolben im Schloss ließ sich erstaunlich leicht zurückschieben, die Tür zur Bibliothek sprang auf. Kleine Zauber machten ihn nicht mal mehr durstig.

Japhet ging die Bücherregale entlang und schob den Sherlock Holmes zurück an seinen Platz. Sem hatte das Buch nie offiziell ausgeborgt, also brauchte er es auch nicht wieder in der Liste austragen.

Japhet wollte die Bibliothek gerade verlassen, als er Schritte auf dem Flur hörte. Schnell zog er die Tür wieder zu, bis auf einen Spalt, und lugte hinaus.

Schon ging der Bulle, der sich neulich mit Pater Pius gestritten hatte, an ihm vorbei. Ein zweiter Bulle rannte ihm nach.

»Wo warst du so lange?«

»Ich bin doch pünktlich.«

»Ja gerade noch. Der Oberpfarrer war schon zweimal da, ich will ihm kein drittes Mal begegnen.«

»Was hat er gegen uns, Ronko?«

»Keine Ahnung, aber wir sollen uns so unauffällig wie möglich verhalten.«

»Ja, ja. Und ganz brav um fünf Uhr abmarschieren. Wir kämen viel schneller voran, wenn wir Tag und Nacht durcharbeiten dürften.«

»Schon vergessen? Kein Aufsehen! Wenn die dahinterkommen, dass wir keine Polizisten sind ...«

Japhet klappte der Mund auf.

»Aber das Tunnelsystem ist viel größer als angenommen. Wie sollen wir die Sachen finden?«

Japhet biss sich auf die Lippen. Hier ging es nicht um Linus und Schrey!

Im selben Moment läutete die Glocke. Fünf Mal.

»Komm jetzt!« Die beiden entfernten sich.

Japhet schob die Tür weiter auf und spähte ihnen nach. Der erste Bulle verschwand um die Ecke. Doch der Zweite blieb stehen. Jemand mit einem blonden Pferdeschwanz. Mit einem Ruck drehte er sich um, fast so, als hätte er Japhets Anwesenheit gespürt. Sein Pferdeschwanz wirbelte herum und blaue Augen starrten ihn an.

Schnell zog Japhet den Kopf zurück in die Bibliothek.

Was jetzt?

Der Mann sagte nichts.

Japhet wartete.

»Raymond, wo bleibst du?«, rief sein Begleiter. Japhet hörte Schritte, die sich entfernten, und trat aus der Tür. Der Pferdeschwanz war weg.

Sollte er Pater Pius berichten, was er soeben gehört hatte?

Doch er hatte hier überhaupt nichts zu suchen. Warum sich Ärger einfangen, wenn er sich endlich mit Sem versöhnt hatte? Nee, keine gute Idee. Die Typen waren ihm egal. Und was sie suchten auch.

Der Angriff

Fast zwei Wochen waren seit dem Zwischenfall vor der Bibliothek vergangen. Japhet hatte die Begegnung schon fast vergessen, als einer der falschen Bullen wieder auftauchte.

Es war das letzte Wochenende vor dem Fußballmatch. Und Japhet musste den Zaun streichen, der sich vor den Zuschauerplätzen spannte. Zusammen mit Leanne und Carl.

»Wurzelschlagen ist nicht. Wenn du glaubst, dass wir den Zaun alleine streichen, hast du dich geschnitten.« Carl drückte ihm einen Farbeimer in die Hand. »Schließlich will ich heute noch fertig werden.«

Und die restliche Zeit mit Leanne nutzen? Japhet hätte ihm die Worte beinahe ins Gesicht gespuckt. Warum sagte er den beiden nicht, dass er es wusste? Er schüttelte den Kopf. Besser keinen Streit vom Zaun brechen.

Apropos Zaun. Er tauchte den Pinsel in die Farbe und begann zu streichen. Von oben nach unten. Frater Teo hatte es ihnen gezeigt und sie dann allein gelassen.

»Dann beginnen wir an der anderen Seite«, sagte Leanne und zog Carl an der Hand mit sich fort.

»Lasst euch nicht stören«, schnaubte Japhet.

Zwei Stunden später war Japhet so in die Arbeit vertieft, dass er gar nicht hörte, wie jemand hustete. Er sah hoch und entdeckte den Huster. Der Pferdeschwanz!

Er lehnte entspannt an einer Bank und rauchte.

Na das würde den Mönchen aber gefallen. Zigaretten waren im Kloster strengstens verboten.

Japhet trat näher und linste über den Zaun. Da bemerkte ihn der Mann. Vor Schreck ließ er die Zigarette fallen. Mit gesenktem Blick trat er auf den Stummel.

»Ich hoffe du verpetzt mich nicht.« Der Mann kam auf ihn zu. »Weißt du, die Sucht ...«

»Geht mich nichts an«, sagte Japhet.

»Gut.« Der Mann lächelte, sein Mund war voller schiefer gelber Zähne. »Ich bin Raymond.« Der Mann streckte ihm die Hand entgegen. Japhet ignorierte sie.

Raymond kniff die Augen zusammen. »Wir haben uns schon mal gesehen. Du bist der Zauberer, von dem alle sprechen.«

Japhet runzelte die Stirn. Wer sprach über ihn? Hector? Die Mönche?

»So ein Zufall, dass ich dich hier treffe.« Raymond fummelte in der Brusttasche seines Hemdes nach der Zigarettenpackung. »Es stört dich doch nicht?« Ohne eine Antwort abzuwarten, steckte er sich einen neuen Glimmstängel in den Mund. Japhet drehte den Kopf zur Seite, war nicht heiß drauf, Raymonds Qualm zu schlucken.

»Eigentlich bin ich Nichtraucher. Aber unter Stress ...« Er unterbrach sich, um dreimal hintereinander fest an seiner Kippe zu ziehen. »Unter Stress mache ich eine Ausnahme. Wem schadet schon eine Zigarette? Eine ist keine, sag ich immer.«

Japhet starrte ihn an. Selbst Helga quasselte nicht so viel Stuss wie dieser kettenrauchende Nichtraucher.

»Kennst du die Tunnel hier?«, fragte Raymond plötzlich.

»Warum?«, fragte Japhet.

»Wir vermuten, dass sie von Zauberern angelegt worden sind. Vorfahren von dir. Verstehst du? Wir könnten deine Hilfe brauchen.«

Ihr Aufeinandertreffen wahr wohl nicht ganz so zufällig, wie Raymond behauptete.

»Wir bezahlen dich. Ein Hunderter. Für eine halbe Stunde deiner Zeit.«

Japhet riss die Augen auf. Das war eine Menge Geld.

»Also, was sagst du?« Der Kerl lächelte.

Japhet schüttelte den Kopf. »Keine Zeit.« Er hatte keinen Bock, sich in irgendetwas reinziehen zu lassen.

Raymond zog lange an seiner Kippe, während er die andere Hand auf Japhets Schultern drückte. »Wir könnten ...«

»Fassen Sie mich nicht an!« Japhet löste sich mit einem Ruck von dem ekligen Kerl. »Ich habe Nein gesagt.«

»Schade.« Raymond ließ die Kippe fallen und hob beschwichtigend die Hände. »Ich dachte eine kleine Hilfe unter ...«

Der Kerl erinnerte ihn an Frater Schrey. »Lassen Sie mich in Ruhe!« Japhet musste von hier fort. Er lief den Zaun entlang. Drehte sich erst nach ein paar Schritten nochmal um. Der Typ war verschwunden.

Da stieß er auf Carl und Leanne. Erstaunlich, dass die beiden noch nicht auf ihn und dem Pferdeschwanz aufmerksam geworden waren. Den Grund sah er sofort. Die beiden hatten nur Augen für einander. Ihre Pinsel bewegten sich mechanisch. Lange würden sie nicht mehr geheim halten können, dass sie miteinander gingen.

»Ich bin dann mal kurz weg«, sagte Japhet. Sie hatten ihn nicht einmal kommen hören.

»Was soll das heißen?« Carl erwachte aus Leannes Bann und starrte zu Japhet.

»Dass ich Pause mache.«

Carl zielte mit dem Pinsel auf Japhets Gesicht. »Wer kümmert sich dann um den Zaun?«

»Ihr seid eine halbe Zaunlänge hinter mir, außerdem wollt ihr sicher nicht, dass ich euer kleines Geheimnis ausplaudere.«

Leanne schluckte.

Carl schmetterte den Pinsel in den Eimer. Farbe spritzte. »Wovon sprichst du, Mann?«

»Viel Spaß noch beim ... beim Arbeiten.« Mit diesen Worten spurte er davon.

»Woher weiß er, dass du ein Zauberer bist?«, fragte Sem.

»Und wofür wollte er *deine* Hilfe haben?«, fragte Helga.

Japhet hatte lange überlegt, ob er Sem und Helga von Raymond und Ronko, den beiden falschen Bullen, erzählen sollte. Im Pferdestall hatte er schließlich den Entschluss gefasst es zu tun. Swetlana hatte ihn dabei mit ihren riesigen Augen angesehen.

Keine Geheimnisse mehr!

Mittlerweile war es fast fünf Uhr.

Sie hockten unter einer Trauerweide. Japhets Lieblingsbaum. Ein weiteres Versteck, das er bisher mit keinem geteilt hatte. Doch mit Sem und Helga hier zu sitzen fühlte sich richtig an. Er lehnte mit dem Rücken am narbigen

Stamm des mächtigen Baumes, dessen Äste ins Wasser des Teiches hingen. Hinter dem Vorhang aus Laub konnte sie niemand sehen. Sem schnitzte mit Japhets Offiziersmesser Kerben in die Rinde. »Sollen wir es Pater Pius sagen?«

»Auf keinen Fall!«, sagte Japhet.

Sem vollführte eine kunstvolle Drehbewegung mit dem Messer.

»Weißt du, dass du die Weide damit verletzt?«, sagte Helga.

»Bin gleich fertig. Also wenn diese Tunnel wirklich von Zauberern angelegt worden sind ...«

»Dann ...«

»Ist doch egal.« Helga legte sich ins Gras, Hände unter dem Kopf. »Du hast das Richtige gemacht und dich nicht kaufen lassen. Alles andere ist derer Problem.«

Sem nickte eifrig.

Die beiden hatten recht. Es gab keinen Grund sich deshalb verrückt zu machen. Trotzdem hatte er sich mehr Interesse erwartet.

Sem stach ein letztes Mal in den Baum. »Fertig.« Er klappte das Messer zu und gab es Japhet zurück. »Das schneidet echt gut.« Dann zeigte er auf sein Werk. »Na, was sagt ihr?«

Japhet betrachtete die Schnitte. Waren das Buchstaben? Sah aus wie ein H mit einem J? »Hitler Jugend?«, fragte er.

Sem puffte ihn. »Spinner. Da steht HSJ, die Anfangsbuchstaben unserer Namen. Damit ist das jetzt offiziell unser Baum.«

»Gefällt mir«, sagte Helga und fuhr über die Rillen.

Die Glocke läutete.

Sem sprang auf. »Ich komme zu spät zum Fußballtraining.« Wegen des bevorstehenden Turniers fand dieses täglich statt.

»Du nimmst die Sache ernst.«

Sem wurde rot.

»Schon in Ordnung«, sagte Japhet. »Dann schau ich mir das Spiel dieses Jahr eben auch mal an.«

An diesem Tag gab es zum Abendessen eine Käseplatte mit Weintrauben.

Sem stopfte sich den Mund voll. Das Fußballspiel dürfte ihn hungrig gemacht haben.

»Luis treibt uns bis zum Äußersten«, schmatzte er. Auf seinem Shirt klebten Erd- und Grasschlieren.

»Zum Umziehen bist du wohl nicht mehr gekommen«, sagte Helga. »Wenn das Pater Pius sieht!«

Sem senkte den Kopf und wischte sich über die Kleider. Helga schnappte das letzte Stück Käse vor Gnomis Augen weg.

Japhet starrte zum Ausgang. Helga folgte seinem Blick. Sie wurde kreidebleich. Andrea schrie auf. Alle wandten sich um.

Christopher!

Blutverschmiert, die Kleider in Fetzen, brach er auf dem Boden zusammen, nur wenige Schritte vom Arkadengang entfernt.

Frater Ignatius ließ das Geschirr fallen und lief zu ihm hin. »Was ist passiert, Junge? Kannst du mich hören?«

Christopher hob leicht den Kopf. Blut troff ihm aus der Nase. Er hustete. »Ein Ti ... Tiger, d-draußen ... in d-der M-m-meranhalle«, stotterte er.

Die Weiße

»Glaubst du mir jetzt?«, fragte Japhet.

Sem nestelte an seiner Kleidung. »Ja. Nein! Ich dachte wirklich, dass du dir den Tiger nur eingebildet hast.« Auf dem glatten Holzboden des Kaminzimmers warfen ihre Gesichter einen langen Schatten.

»Ihr wusstet davon?«, fragte Helga. »Und habt mir nichts gesagt?«

Japhet hatte ganz vergessen, dass sie neben ihnen hockte.

»Wir wollten nicht, dass du dir Sorgen machst.«

»Sorgen?«, japste sie. »Christopher ist fast verblutet!«

Vor einer halben Stunde hatten ihn die Rettungssanitäter abgeholt und waren mit Blaulicht und Martinshorn davongebraust. Christophers Zustand sei kritisch, hatte der Notarzt gesagt, als er eine Infusion legte.

Nun saßen die Kinder im Gemeinschaftsraum und warteten auf Neuigkeiten. Tim und Tom zitterten. Gnomi spielte mit seinen Ketten, ausnahmsweise steckte kein Stöpsel in seinem Ohr. Rafik trommelte unentwegt mit den Fingern auf den Tisch und immer wieder murmelte einer was von einem Tiger. Doch gesehen hatte ihn niemand.

»Was machen wir jetzt?« fragte Helga. Sie kaute auf ihren Fingernägeln.

»Abwarten«, bestimmte Sem.

»Und wenn sie das Tier finden? Dann bin ich schuld«, sagte Japhet.

»Du kannst nicht für alles verantwortlich gemacht werden, das ... anders ist«, antwortete Sem.

Da kannte er die Mönche aber schlecht.

Pater Pius betrat das Kaminzimmer. Er hustete und die Gespräche verstummten. »Christopher ist außer Lebensgefahr«, sagte er nüchtern.

Allgemeines Aufatmen.

»Was ist passiert?«

»Wer hat ihn verletzt?«

»Wieso konnte ...«

»RUHE!« Pater Pius klatschte in die Hände. »Die Umstände sind noch nicht geklärt. Geht in eure Zimmer! Es besteht keine Gefahr mehr. Alles weitere entscheidet Pater Rubens in der Früh. Gute Nacht.«

Die offizielle Erklärung für den Vorfall gab es nach der Morgenhore.

Pater Rubens betrat die Meranhalle und stellte sich neben Pater Pius. »Ich bin gekommen, um den Gerüchten ein Ende zu setzen.« Er hielt kurz inne und blickte in die Gesichter der Kinder. »Ja, es stimmt. Christopher wurde von einem Tier angegriffen und verletzt. Aber von keinem Monster, sondern von einem Tier aus unserem Stall. Dem weißen Pferd.«

Japhet zuckte zusammen. Das einzige weiße Pferd im Stall war Swetlana. »Wie kommen Sie darauf?«

Pater Rubens sah ihn herablassend an. »Ganz einfach, ihre Hufe waren voll Blut.«

Japhet sprang aus der Reihe. Swetlana war verletzt? Er musste sofort zu ihr.

»Geh sofort wieder auf deinen Platz!«, schrie Pater Rubens. »Ich bin noch nicht fertig. Zu unserer aller Sicherheit wird die vermaledeite Stute eingeschläfert.«

»Was?« Japhet schoss alle Vorsicht in den Wind. »Swetlana würde niemals jemanden verletzten. Haben Sie nicht zugehört? Christopher hat ein Tiger angegriffen, kein Pferd. Wir haben es alle gehört.« Japhet starrte in die Gesichter der anderen Kinder. »Sagt es ihm!«

Sem legte seinen Arm auf seine Schulter. »Komm besser mit ins Zimmer«, flüsterte er ihm zu.

Japhet rührte sich nicht.

»Wenn du jetzt ausflippst, dreht dir Rubens einen Strick daraus«, flüsterte Sem.

Die anderen Kinder murmelten leise.

»Schluss jetzt.« Pater Rubens hob die rechte Hand. »Christopher hat im Schock wirre Dinge geredet. Nicht verwunderlich, nach der Hufattacke. Und jetzt will ich nichts mehr hören!« Er starrte Japhet an.

Japhet starrte trotzig zurück. Sems Hand lag immer noch auf seiner Schulter. Er spürte sie kaum.

»So, das war's.« Pater Rubens wandte sich ab und bog mit Pater Pius um die Ecke.

»Komm.« Sem zeigte zur Treppe. Einen Moment später waren sie im Zimmer.

»Swetlana hat nichts damit zu tun!«, schrie Japhet endlich.

»Natürlich«, sagte Sem. »Und wir werden nicht zulassen, dass man ihr etwas tut.«

»Ich hätte Pius früher von dem Tiger erzählen müssen.«

»Und wie? *Hey, wissen Sie, dass es hier einen weißen Tiger gibt?* Er hätte dich für verrückt erklärt.«

Japhet drosch auf seine Matratze. »Vielleicht. Vielleicht auch nicht!«

Helga platzte ins Zimmer. »Ist das zu fassen.« Sie knallte die Tür hinter sich zu. »Dieser aufgeplusterte Pinguin.«

»Wen meinst du?«, fragte Sem.

»Pius. Ich habe ihm gesagt, dass Rubens einen Fehler macht. Dass es diesen Tiger wirklich gibt. Dass Japhet ihn gesehen hat. Und was sagt er? Er sagt, ich solle den Mund halten.«

Japhet starrte Sem an. Es stimmte. Sie würden ihnen nicht glauben. Niemand würde das. »Haltet Pius auf! Ich muss zu Swetlana«, sagte er.

»Was hast du vor?«, fragte Sem. Doch Japhet lief bereits aus der Tür. Er musste handeln. Bevor es zu spät war.

Swetlanas Stall erreichte er wenige Minuten später. Sie stand ruhig auf frischem Stroh. Nirgendwo war Blut zu sehen. Hatte sich das Rubens nur ausgedacht?

Japhet ging behutsam auf sie zu. »Wir müssen verschwinden«, sagte er.

Swetlana blinzelte ihn mit ihren großen roten Augen an, und jedes Mal, wenn sie durch ihre Nüstern ausatmete, bewegte sich die Mähne leicht wie Federn.

Plötzlich hörte er Schritte. Zwei Personen tauchten auf und Japhet duckte sich hinter einen Holzverschlag.

»Da ist das Tier«, sagte Frater Cornelius zu einem Mann, der eine weiße Schürze trug. Metzger Böck. Ein unrasierter Widerling, der nach rohem Fleisch stank.

148

»Kann ich mit dem Anhänger reinfahren?«, fragte er.

»Fragen sie das Pater Pius. Er müsste jeden Moment kommen. Sie entschuldigen mich.« Frater Cornelius schien es eilig zu haben. Kaum war er hinter den Stallungen verschwunden, sah Japhet seine Chance gekommen. Doch da betrat Volker den Pferdestall.

»Herr Böck.«

»Hier«, meldete sich der Metzger wie beim Militär und drehte sich um.

»Ich übernehme ab jetzt«, sagte Volker.

Der Metzger nahm einen Strick vom Haken und sah ihn verdutzt an. »Wie meinen?«

»Ihre Dienste werden nicht länger benötigt. Sie haben alles getan, weswegen sie gekommen sind. Haben Sie mich verstanden? Sie haben alles genauso ausgeführt, wie man es von Ihnen erwartet hat. Nichts anderes werden Sie Pater Rubens berichten.«

»Nichts anderes berichten«, stammelte der Metzger und reichte ihm den Strick.

»Auf Wiedersehen«, hauchte Volker.

Der Metzger zog benebelt ab. Endlich war Volkers Stimme mal für etwas gut gewesen. Aber wieso? Welchen Vorteil versprach er sich davon?

»Ist ja gut«, sagte Volker zu Swetlana und streichelte ihr Fell.

Japhet zeigte sich. »Warum hast du das getan?«

Volker zuckte zusammen.

»Weil sie unschuldig ist«, platze er heraus. »Ich kann nicht zulassen, dass man sie schlachtet – nur weil sie *angeblich* Christopher angefallen hat.«

»Ganz deiner Meinung.« Japhet kam näher und ließ sich von Swetlana die Hand ablecken.

Volker starrte ihn an. Dann nickte er. »Ich dachte mir schon, dass es da noch jemanden gibt, der sich um sie kümmert. Aber, dass du das bist ...«

Japhet wunderte sich nicht weniger. »Dann hast du Swetlana ganz uneigennützig geholfen?«

»Swetlana?« Volker lächelte. »Ich nenne sie immer die Weiße.«

»Einfallsreich«, sagte Japhet. »Was jetzt?«

»Ich werde sie umquartieren. In eines der leer stehenden Gebäude da hinten. Dort soll sie bleiben, bis ihre Unschuld bewiesen ist.«

»Willst du Pater Rubens irgendeine Geschichte ins Ohr flüstern?«

»Er fällt auf meine Stimme nicht herein. So wie du.«

»Oh.«

»Und ich will mir keinen Ärger einhandeln. Vor allem da mich Rubens nur durch gutes Zureden von Pius hier als Novize duldet.« Volker öffnete die Halbtüren von Swetlanas Box. »Ich sollte mich beeilen.«

»Okay.« Japhet klopfte Swetlana auf den Rücken. »Versteck sie. Um alles andere kümmere ich mich.«

»Was hast du vor?«

»Wirst du schon sehen.«

»Verstehe.« Volker machte einen Schritt und Swetlana folgte ihm. »Schön, dass du nicht so ein Arschloch bist, wie ich immer dachte«, sagte er noch.

»Gleichfalls.« Japhet sah ihnen nach, bis sie in dem mittleren der drei abbruchreifen Gebäude hinter dem Stall verschwanden. Früher war dies die Mühle gewesen, doch die wurde schon lange nicht mehr benutzt. Von dem ehemaligen Windrad hing nur noch eine Planke schräg nach unten. Fürs Erste war Swetlana sicher. Niemand verirrte sich dorthin.

Jemand kicherte. Japhet zog scharf die Luft ein. Verdammt. Wer war das? Er lief zu der Mauer des ersten Gebäudes und entdeckte Leanne und Carl.

Na toll. Ausgerechnet hier hatten sie sich verabredet.

Sie lösten sich aus ihrer Umarmung.

»Was für eine Überraschung«, sagte Japhet.

Carl baute sich vor ihm auf.

Leanne ging dazwischen. »Das haben wir nicht nötig.« Sie zwinkerte Carl zu. An Japhet gerichtet fuhr sie fort: »Nette Aktion eben. Ich schlage vor, du verrätst uns nicht und wir verraten deine Swetlana nicht.«

Sie hatten es also mitbekommen. Mist.

»Also?«

»Abgemacht.« Was blieb ihm anderes übrig?

Im Moment zählte nur Swetlana. Er wusste genau, was er zu tun hatte.

Das Buch ins Leben

Morsus saß am Schreibtisch, die Beine überkreuzt, und starrte auf sein Buch. Es war Jahre her, dass er es unter dem CuraNaus entdeckt hatte.

Seine Finger strichen über den roten Einband.

Gnomi! Was, wenn es sich nicht um seinen ehemaligen Klassenkameraden handelte? Wie viele halbwüchsige Männer gab es, die sich so nannten?

Morsus blätterte zu der Seite seines letzten Eintrages. Bojan Khan. Es hatte Jahre gedauert, den Namen herauszufinden. Trotzdem hatte er nicht sofort zugeschlagen. Er hatte gewartet, bis er sicher war, den Richtigen zu haben. Den Anführer der Erlöser.

Es klopfte.

Victoria, seine Sekretärin, öffnete die Tür. Sie hielt eine dampfende Flasche Vino Vero in der Hand. »Von Roland«, sagte sie.

Sehr gut. Nun war er vorbereitet. Für alle Fälle.

Victoria reichte ihm die Flasche. Wie immer folgte ihr ein kleines Mädchen. Ihre tote Tochter. Morsus konnte Linda als einziger sehen, und obwohl sie noch nie ein Wort zu ihm gesagt hatte, war er sicher, dass sie ihn auch sehen konnte. Warum ihr Geist nicht ins Jenseits übergegangen war, und immer noch auf der Erde wandelte, wusste er nicht. Auch nicht warum er sie sehen konnte. Zauberer konnten das für gewöhnlich nicht. Aber er war ja schon immer etwas Besonderes gewesen.

»Alles in Ordnung?«, fragte Victoria und sah zu der Stelle, an der ihre Tochter stand. Sie wusste nichts von der Existenz der Kleinen, und Morsus hatte nicht vor, das zu ändern.

Er nickte. »Das wäre alles.«

Victoria verneigte sich und ging. Der Geist ihrer Tochter folgte wortlos.

Morsus rieb sich die Schläfen. Die Kopfschmerzen waren in den letzten Stunden wieder stärker geworden. Und in seinem Inneren schrillte eine Alarmglocke. Die Uhr tickte.

»Mal sehen, was aus Gnomi geworden ist.«

Er nahm einen Stift und schrieb Gnomis Namen unter den von Khan. Simon Lang. Wie das Buch die Person fand, die er notierte, wusste er nicht. Doch es funktionierte. Immer.

Die Suche nach der Wahrheit

»Volker?«, fragte Sem ungläubig. Er saß im Schneidersitz auf seinem Bett. »Volker hat sie gerettet?«

»Ich war genauso überrascht wie du«, sagte Japhet.

Sem starrte auf seine Füße. »Aber Swetlana zu verstecken, löst nicht das Problem.«

Japhet nickte. »Ich werde den Tiger suchen und ihn den Mönchen als Beweis liefern.«

»Und wie willst du ihn fangen?«

»Lass das meine Sorge sein.«

»Gut, dann komme ich mit!«

»Kommt nicht infrage.«

Sem kniff die Augen zusammen. »Du kannst mir nicht verbieten mitzukommen.«

»Ich bin ein Zauberer.«

Sem starrte ihn an.

Japhet seufzte. »Okay, aber kein Wort zu Helga. Wir machen es am Sonntag während des Gottesdienstes.«

»Warum nicht früher?«

»Damit du dich ganz auf das Fußballmatch am Samstag konzentrieren kannst.« Japhet ging das Match am Arsch vorbei. Doch Sem zuliebe machte er gute Mine zum bösen Spiel. »Dieses Jahr könnt ihr gewinnen.«

»Vielleicht. Wenn mir Marek zupassen würde«, murmelte Sem.

»Ich dachte, ihr seid mittlerweile dicke Kumpel?«

Sem schüttelte den Kopf.

»Verstehe.« Der Friede hatte nicht lange gehalten.

Am Samstag um fünfzehn Uhr stand Japhet vor der Öffnung, die ins Unterste des Klosters führte. Die Steinplatte war von Raymond nicht wieder darüber geschoben worden. Wahrscheinlich hatte er es satt, sie ständig hin und her zuschieben.

Vor einer viertel Stunde hatte Japhet Sem auf die Schultern geklopft, ihm zugeflüstert, er solle es ihnen allen zeigen. Dann hatte er den Fußballplatz verlassen und war zurück ins Kloster gelaufen. Sem würde es nicht auffallen, zu sehr war er mit dem Spiel beschäftigt. Und Helga? Die saß bereits eingezwängt auf einer der Bänke zwischen den Mädchen.

Japhet hatte nie vorgehabt mit Sem am Sonntag nach dem Tiger zu suchen, sondern wollte schon immer das Fußballmatch dafür nutzen. Wenn alles gut ging, dann hätte er noch am Ende des Spiels den Beweis, dass es das Vieh wirklich gab. Und Swetlana wäre gerettet.

Noch nicht lange her, dass er mit Sem und Helga dort hinabgestiegen war. Trotzdem kam es ihm wie Jahre vor.

Er zündete seine Daumen an. Dann lief er die steinernen Stufen hinab. Es war wie früher. Im Wald. Auf der Jagd. Nur, dass es dieses Mal ein Tiger war, den er verfolgte. Ein Tiger ohne Eigengeruch. Er atmete tief ein, doch wie befürchtet: Nichts zu riechen.

Japhet bog nach rechts ab und betrachtete den Boden. Kalter Stein. Keine Spuren. Er ging den Gang entlang. Diese Richtung führte nach draußen. Diese in eine Sackgasse. Diese ...

Plötzlich ein Geräusch. Er wirbelte herum. Eine Ratte huschte über den Boden in ein Mauerloch.

Wie viel Zeit hatte er, den Tiger aufzuspüren? Eine Stunde? Bis zum Ende des Fußballspiels? Wann würde Sem bemerken, dass er weg und alleine hier hinuntergestiegen war?

Er lehnte sich gegen die Wand.

Nachdenken. Er brauchte einen Geistesblitz.

Da wurde er von einem vertrauten Geruch überrascht. Vanillekipferln?

Das konnte ja wohl nicht wahr sein! Japhet lief zurück zum Eingang. Er hatte sich nicht getäuscht.

Sem!

»Was machst du hier?«

Sem funkelte ihn an. »Hältst du mich für blöd? Ich hab befürchtet, dass du das Spiel sausen lässt.«

»Kluger Junge.«

»Hör bloß auf! Ich bin stinkwütend!«

»Verschwinde!«

Sem zeigte mit dem Finger auf Japhet. »Vergiss es! Ich täusche doch keine Verletzung vor, damit du mich jetzt zurückschickst.«

»Aber es ist zu gefährlich.«

»Ich bin groß genug, um auf mich selbst aufzupassen.«

»Mit der Größe solltest du es nicht übertreiben.«

»Ich kann dir helfen. Oder willst du hier ziellos herumlaufen, bis der Tiger irgendwann auftaucht?«

Japhet hob eine Braue.

»Erinnerst du dich noch? An die Schriftzeichen? Auf der Wand?«

Sie waren bei ihrer Flucht daran vorbeigekommen. »Warum fragst du?«

156

»Was ist passiert, als du sie berührt hast?«

Der Tiger war aufgetaucht. »Hmm.« Ein Versuch war es wert.

Sie eilten durch die Gänge.

Nach fünf Minuten erreichten sie die Stelle.

»Was zum Geier ...« Japhet blieb wie angewurzelt stehen. Jemand hatte ein riesiges Loch in die Wand gesprengt.

»Wer hat das getan?«, fragte Sem.

»Dreimal darfst du raten.«

Japhet zog den Kopf ein, um durch das Loch zu steigen.

»Wohin willst du?«

»Ich will wissen, was da drinnen ist.« Seine Feuerfinger flackerten gespenstisch durch die Öffnung.

»Aber ...« Sem folgte zögernd.

Der Raum war schmal und lang. Japhet stieß mit dem Fuß an ein Stück Holz. Er leuchtete nach unten.

Das war kein Holz.

Das waren Knochen!

Menschliche Knochen.

Sem schluckte. »Sind das ...?« Er packte Japhets Arm und drehte den Kopf weg.

Japhet fixierte die Gebeine, das Blut rauschte in seinen Ohren.

»Was ist?«, fragte Sem.

»Siehst du es nicht?« Japhet atmete tief durch. Er zeigte auf die Füße. Statt fünf hatten sie nur vier Zehen. »Diese Toten. Scheiße. Das sind alles ...«

Sem schlug sich die Hand vor den Mund. »Alles Zauberer.«

Gnomi

Morsus starrte auf die Grabsteine. Die Namen darauf sagten ihm nichts. War er auf einem Friedhof außerhalb der Stadt? Wasser rauschte. Irgendwo nahe eines Baches? Ein Käuzchen schrie. Entfernt funkelten Lichter von Straßenlaternen. Er hasste es, nicht genau über seine Position Bescheid zu wissen. Doch das brachte das Reisen mit dem Buch mit sich.

Eine Kirchenglocke schlug zwölfmal. Geisterstunde. Zeit, Gnomi das Fürchten zu lehren. Irgendwo hier musste er sein. Ganz in der Nähe.

Knack! Morsus riss den Kopf nach hinten. Unachtsamkeit konnte tödlich sein. In diesem Fall für den Hasen, der in Flammen aufging, noch bevor er zum Sprung in seine Grube ansetzen konnte. Zur falschen Zeit am falschen Ort. Morsus betrachtete das gegrillte Stück Fleisch. Schade, dass er schon zu Abend gegessen hatte. Dann Stimmen. Dumpf, als kämen sie von unterhalb der Erde. Er legte ein Ohr auf das Moos. Lächerlich. Glaubte er an Vampire? Das fehlte noch, dass sich eine Hand aus der Erde bohrte und ihn hinabzog. Er richtete sich auf. Ein Lichtschein. Allzu kurz. Morsus huschte über die Gräber zu einer Grabkammer, gleich neben dem Friedhofstor.

Stille.

Er legte seine Hände auf die Tür und schloss sie auf. Langsam trat er ein.

Leer.

Er drehte sich um. Etwas stimmte hier nicht.

Die Luft ... sie roch einladend. Hier hatte noch vor kurzem jemand Kaffee getrunken. Er betrat die Kammer. Nicht viel Platz für irgendwelche Verstecke. Er suchte den Boden nach einer

Falltür, einer Klappe ab, doch da war nichts. Er könnte sich in Luft verwandeln und den Boden durchdringen, doch wenn er mit seiner Vermutung daneben lag, würde er wertvolle Kraft verschwenden. Und die brauchte er noch. Also tastete er die Wand ab. Da entdeckte er einen lockeren Ziegelstein. Er versuchte ihn hineinzuschieben, und als das nicht klappte, zog er daran. Die Wand drehte sich. Treppen führten ihn nach unten. Morsus erregte die Vorstellung, auf etwas Großes gestoßen zu sein. Vielleicht würde er am Ende mit mehr als Gnomi und dem Namen des Jungen belohnt? Vielleicht mit dem Hauptquartier der Erlöser? Das wäre die endgültige Vernichtung dieser Plünderer. Er fuhr sich durch die Haare. Seine Fantasie ging mit ihm durch.

Plötzlich ganz deutlich eine Stimme.

Morsus blieb stehen.

»Das können wir nicht wissen.«

Die Stimme klang nah, aber es war niemand zu sehen. Morsus konnte auch niemand riechen. Vermutlich benutzten hier alle dieses Duftwasser, das sie unaufspürbar machte.

»Er kann es schaffen.« Die Stimme einer zweiten Person. Gnomi? Gut möglich. Er hatte ihn lange nicht mehr sprechen hören.

Morsus schlich weiter. Der Gang konnte nicht lang sein. Mit wie vielen Verrätern hatte er es zu tun?

»Und der Junge ist wie alt? Dreizehn?«

Morsus riss die Augen auf. Sprachen sie etwa von ...

»Etwas jung. Ich weiß«, sagte eine Frau.

»Zu jung.«

Die weibliche Stimme kannte er. Die vergaß niemand.

Er erreichte den Durchgang zu einem Gewölbe, unter dem sich sieben Personen um ein Feuer scharten. Alle unbekannt, bis auf zwei. Gnomi und Albine. Was für ein Zufall!

»Ich habe ihn kennengelernt«, sagte Albine. »Er ist stark.«

»Ja klar«, spottete der kleinste unter den Männern. Er warf ein Holzstück in die Flammen und legte seine Hände auf seinen Schmerbauch. »Du hast es gespürt.«

»Mach dich nicht lustig! Ich hätte auf meine Leute hören sollen. Nicht, nicht wahr? Es war reine Zeitverschwendung euch aufzusuchen.«

»Daniel meint es nicht so«, sagte Gnomi.

Morsus hatte ihn seit der Schulzeit nicht gesehen, doch er hatte sich kaum verändert. Sogar Ketten baumelten um seinen Hals.

Albine verschränkte die knochigen Hände vor ihrer Brust. Auch sie sah nicht viel anders aus. Das buschige Haar, die Brille, ein wandelndes Gerippe. Das letzte Sonnenlicht hatte ihre Haut vor zehn Jahren gestreift.

Morsus könnte die gesamte Sippschaft in wenigen Sekunden auslöschen, doch er hielt sich zurück. Nicht bevor er den Namen hatte. Vielleicht erwähnten sie ihn noch.

Daniel warf ein weiteres Scheit Holz ins Feuer. »Wenn das Rad der Zeit wirklich funktioniert ...«

»Es funktioniert«, unterbrach ihn Gnomi.

»Wenn es das tut, wer sagt, dass Khans Sohn es auch benutzt hat?«

»Wir wissen es nicht. Wir wissen nur, dass er damit bei Aragin war.«

»Etwas wenig. Zumal Aragin tot ist. Und Morsus noch lebt.«

Morsus lief es kalt den Rücken hinab. Aragin, das Rad, der Junge. Hier schloss sich der Kreis. Mit einem Satz sprang er aus dem Durchgang. Umhüllt von Dunkelheit. »Ihr wollt wissen, warum ich noch lebe?« Morsus verschmolz mit der Erde und zog einen Kreis um die Verräter. »Eine durchaus berechtigte Frage, zumal ich dann nicht hier sein könnte, um euch zu vernichten.« Seine Stimme drang vom Boden verzerrt zu ihnen herauf.

Die Sieben sprangen gleichzeitig hoch, blickten panisch auf die aufgewühlte Erde um sie herum.

Morsus liebte es, mit der Luft zu spielen. Er ließ die Erde immer höher aufsteigen, und zog gleichzeitig den Kreis um sie enger.

Daniel fummelte hinter seinem Rücken nach ...

Was auch immer. Keine Waffe der Welt konnte ihm etwas anhaben. »Stecken lassen«, sagte Morsus.

Niemand sagte ein Wort.

Albine fand als erste ihre Stimme wieder. »Es ist lange her. Warum zeigst du dich nicht?«

Morsus lachte. Immer wollten alle sein Gesicht sehen. »So etwas Ähnliches habe ich doch schon mal gehört. Nur wo? Ach ja! Als ich die Khans tötete.«

Gnomi ballte eine Faust. »Dafür wirst du büßen, Japhet.«

Diesen Namen hatte er schon ewig nicht mehr gehört. »Heute nennt man mich Morsus.«

Einer der Männer, der bis jetzt still am Feuer gesessen hatte, sprang auf und stieß einen Stab in die Erde.

Wie kindisch. Ein Feuerball traf seine Brust und riss ihn von den Füßen. Er war tot, bevor er den Boden berührte. »Noch jemand?«

Albine fühlte den Puls des Mannes. »Du bist ein Monster.«

»Und was seid ihr? Engel?« Morsus wartete einen Moment. Dann sagte er: »Ich habe einen Vorschlag. Nennt mir den Namen des jungen Khans und ich verschone eure Leben.« Er war bekannt dafür, keine leeren Versprechungen zu machen. Süffisant lächelte er. In den Gadbets gab es schließlich auch noch Plätze.

Gnomis Antwort kam schnell. »Den kennt niemand. Khan hat nie über ihn gesprochen. Nur durch Zufall habe ich erfahren, dass er einen Sohn hat.«

Albine zuckte kurz.

»Tatsächlich?« Er würde sich an Gnomi und Albine halten. Wenn sie ihm nicht freiwillig die Antwort gaben, dann würde er ihnen eben Vino Vero zu trinken geben. Das Fläschchen steckte trotz seines veränderten Zustandes in seinem Hemd.

»Sag es ihm«, keuchte Daniel. Schweiß troff von seiner Stirn.

»Ich weiß nichts«, antwortete Gnomi.

»Falsche Antwort«, sagte Morsus. Ein Flammenball riss Daniel von den Füßen und ließ ihn kopfüber ins Feuer kippen. Albine kreischte auf.

»Da waren es nur noch fünf. Wollen wir weitermachen?« Morsus ließ das Feuer neben Gnomi höher schlagen. »Seinen Namen. Jetzt!«

Gnomi biss die Zähne zusammen. »Ich-weiß-es-nicht.«

War das die Wahrheit? Der mediale Zauber zerrte an seinen Kräften. Er musste sich beeilen. Er zog den Kreis um die Männer enger, sparte allein Albine aus.

»Neeeiiin.« Ihre Schreie klangen erbärmlich. Sie verbrannten innerhalb weniger Sekunden.

Albine hielt sich die Hände vors Gesicht. Morsus materialisierte sich vor ihr. »Und nun zu dir.« Er zückte das Fläschchen mit dem Wahrheitselixier und packte sie an den Haaren.

Sie hatte das Gebräu sofort im Mund und schluckte automatisch. Morsus ließ sie los und sie stürzte zu Boden. Sie war stark, denn die Bewusstlosigkeit blieb aus.

»Wie heißt Bojan Khans Sohn?«

Da bekam er endlich die Antwort.

»Semual«, sagte Albine. »Er heißt Semual.«

Unschönes Wiedersehen

»Lass uns von hier verschwinden«, sagte Sem.

Japhet rührte sich nicht, starrte immerzu auf die Knochen.

»Komm schon!«

»Nein«, sagte Japhet. »Ich muss wissen, was hier passiert ist.«

»Das kann ich dir sagen.« Eine bekannte Stimme.

»Japhet und Sem wirbelten herum.

Raymond! Der Pferdeschwanz kam mit einer Fackel auf sie zu. In der anderen Hand hielt er eine Knarre. Er zielte damit auf Japhets Kopf. »So sieht man sich wieder.«

»Sie?«

»Kriminalmeister Raymond.« Er stank nach Zigaretten und nasser Hund.

»Sie sind kein Bulle«, zischte Sem.

Der Mann lachte. »Sagt wer?«

Japhet kniff die Augen zusammen.

»Eine falsche Bewegung und ich drücke ab.«

War er schneller als eine Kugel? Seine Daumen brannten schon viel zu lange. Er löschte die Flammen. Besser er unternahm erstmal nichts.

Raymond machte mit der Fackel eine ausladende Handbewegung, ohne die andere Hand mit der Knarre zu senken. »Schön hier. Freut es dich nicht, deine Vorfahren zu sehen?«

Japhet biss die Zähne zusammen.

»Darf ich vorstellen. Thomas Kenan, Josua Henoch, Ekron Soul.« Raymond schritt von einem Skelett zum nächsten. »Usia Ahiman, Philippus Zion, Anna Maria, Martha Aquila, Elias von Sidon und ... Stephan Waleran. Sie starben im sechzehnten Jahrhundert. Zu der Zeit der Hexenverbrennungen.«

»Woher wissen Sie das?«, fragte Sem.

»Es gibt Aufzeichnungen«, sagte Raymond. »Leider wird nirgends erwähnt, wo sie ihre Schätze versteckt haben.«

»Darum geht es Ihnen?«, fragte Japhet.

»Worum sonst?« Raymond seufzte. »Doch ich kann nichts finden, solange Walerans Haustier hier sein Unwesen treibt.«

»Der weiße Tiger.«

»Die Seele von diesem Biest weigert sich einfach in das Licht zu gehen« sagte Raymond.

»Der Tiger ist ein Geist?«, fragte Japhet.

»Darum konnte ich ihn nicht sehen«, murmelte Sem.

»Nur wenige Menschen können Geister sehen.« Raymond stellte die Fackel weg und griff in seine Manteltasche. »Doch dieses Lederhalsband macht sie für alle sichtbar. Hilf mir, und es gehört dir.«

Japhet runzelte die Stirn.

»Du wirst es brauchen, wenn du beweisen willst, dass es den Tiger wirklich gibt.«

Woher wusste Raymond von seinem Plan? Was hatte er mit der Sache zu tun?

»Glotz nicht so dämlich. Wer hat den Stein ins Rollen gebracht?«

»Sie meinen ...«, stammelte Sem.

»Ganz genau. Die Sache mit dem Pferd, dem behinderten Jungen, dem Tiger ... alles meine Idee.«

Japhet ballte eine Faust, spürte das Feuer darin lodern.

»Du hast mir keine Wahl gelassen. Du wolltest mir nicht in die Tunnel folgen, also musste ich einen anderen Weg finden. Ich habe dem erstbesten Idioten ein Monster vorgegaukelt, verletzt und die Schuld deinem Pferd in die Hufe geschoben.« Er lachte. »Dafür brauchte ich nur ein wenig Theaterblut.« Er drückte Japhet das Halsband in die Hand. »Damit kannst du es wieder gut machen. Die Existenz des Tigers beweisen.«

»Dazu müsste er erst mal hier sein«, sagte Japhet.

Raymond spuckte auf Walerans Überreste.

»Was machen Sie da?«

»Den Tiger herauslocken.« Er sprang auf die beiden Unterarmknochen der rechten Hand. Der dünnere Knochen zerbrach.

»Hören Sie auf!« Japhet hob die Hände. Seine Fingerspitzen glühten.

Mit einem Satz stand der Tiger vor ihnen. Nur Japhet wich zurück.

»Was ist?«, fragte Sem.

»Ist er endlich hier?«, fragte Raymond.

Sie konnten ihn nicht sehen. Dabei sah er noch größer aus, als beim letzten Mal. Er fletschte die Zähne. Knurrte.

»Was tut er?«, fragte Sem.

Japhet klopfte ihm auf die Schulter. »Das willst du nicht wissen.«

»Leg ihm das Halsband an!«, sagte Raymond.

»Und dann?« Er musste den Tiger einsperren. Er musste die Luft verändern und sie wie einen Mantel um den Tiger hüllen. Ob ihm dieser Zauber gelang?

Der Tiger starrte ihn mit großen Augen an. Japhet ging mit dem Halsband auf ihn zu.

Raymonds Augen blitzen.

Irgendetwas stimmte nicht.

»Stülp das Band über das Biest und fang ihn«, stotterte Sem.

Japhet schüttelte den Kopf, starrte zu Raymond. »Was passiert wirklich, wenn ich es dem Tier umlege?«

Raymond seufzte. »Tu es einfach!«

»Einen Scheiß werd ich!«

Der Tiger setzte sich in Bewegung und umkreiste sie.

»Ich werde Ihnen nicht helfen, solange Sie uns nicht die Wahrheit sagen.«

»Und ich hab kein Problem, dich auf der Stelle abzuknallen.«

Japhet blieb ungerührt. »Das haben Sie sowieso vor.«

»Stimmt. Und am besten fange ich gleich damit an.« Raymond riss die Knarre herum und drückte ab.

Japhets Herzschlag setzte einen Moment aus.

Doch er war nicht getroffen.

Aber wo ... Nein! Der Schuss galt nicht ihm.

Sondern Sem.

Sein Freund starrte ins Leere. Blut quoll aus seinem Mund. Dann kippte er vornüber.

Auf Leben und Tod

»Sem!« Japhet sprang zu ihm, drehte ihn herum, riss ihm das Shirt auf. »Sem! Sem! Sem!«

Blut. So viel Blut.

Er strich mit dem Ärmel darüber, entdeckte ein winziges Loch in der rechten Brust. Wo war die Kugel? Steckte sie da drinnen? Sollte er sie herausziehen? Seine Finger auf die Einschussstelle pressen?

Sem öffnete den Mund, brachte aber keinen Ton hervor.

»Ich bin da!«, sagte Japhet.

Raymond ging neben ihm in die Hocke. »Sieht übel aus.«

Japhet riss den Kopf herum. »Sie Schwein!« Er brachte seine Hände zum Glühen.

»Nicht doch«, sagte Raymond. »Du kannst ihn retten.«

Sem rang nach Luft.

»Aber du solltest dich beeilen. Unter den Gegenständen befindet sich ein Stein, der Verletzungen heilen kann. Ich bin sicher wir finden sie, wenn der Tiger fort ist.«

Wovon sprach der Typ?

»Leg ihm das Halsband um!« Raymond griff nach einem Spiegel in seiner Hosentasche. »Es heißt, ein Geist muss sich selbst sehen, um von seinem Dasein erlöst zu werden.«

Darum hatte er nichts gesagt. Ohne den Tiger gäbe es keinen Beweis für Swetlanas Unschuld.

Doch war das die einzige Möglichkeit, Sem zu retten?

Japhet packte das Halsband und ging damit zu dem Tiger. Der fuhr die Krallen aus, wich aber nicht zurück. Japhet streifte ihm das Halsband über.

»Ich sehe ihn«, sagte Raymond. Der Tiger riss den Kopf herum und sprang. Doch Raymond hielt ihm den Spiegel vor die Schnauze. Er verschwand im Flug und das Halsband fiel auf die Erde.

»Was verborgen ist, sollte nun sichtbar werden«, murmelte Raymond. Die Wand hinter ihm glühte.

»Hinter ihnen!«, rief Japhet.

Raymond blickte über seine Schulter. Die Erde zitterte und ein Teil der Mauer brach ein.

»Endlich!« Raymond schnappte seine Fackel und lief durch die Öffnung.

»Ich ...« röchelte Sem.

»Schhhh, nicht sprechen.« Japhet nahm Sems Hand und drückte sie fest. »Bin gleich wieder da!« Er rannte Raymond hinterher.

Dieser drehte sich im Kreis. Die Arme von sich gestreckt. »Ich habe sie gefunden. Die verschollenen Gegenstände. Den Kelch!« Er rannte zu einem goldenen Gefäß. »Die Büchse!« Er steckte die Fackel in einen Ring an der Wand und wies auf eine alte Truhe. »Ein Erinnerungshelm. Das Buch. Es existiert wirklich.« Er blätterte darin.

Japhet nutzte den Moment und schlug Raymond die Waffe aus der Hand. Sie fiel zu Boden. Er kickte sie weg, erzeugte zwei glühend heiße Bälle in seinen Händen. »Wo ist der Stein?«

Raymond lächelte. »Aber mein Junge ...«

Einer der Bälle traf ihn im Bauch.

Raymond sank auf die Knie. »Was hast ... Was hast du getan?«

»Den Stein, sofort!«

Raymond schluckte. »Aber da liegt er doch. Der Rubin, auf der Säule. Vor dir.«

Japhet griff zu. »Und jetzt?«

»Du musst ihn auf die Wunde pressen.«

Er lief zurück zu Sem, beugte sich über ihn. »Ich bin da. Ja?!« Er drückte den Stein auf die Wunde.

Nichts geschah.

Nein! Sem. Tränen trübten seine Sicht.

»Komm schon!«

Da geschah es.

Der Rubin leuchtete.

Immer heller.

Japhet musste die Augen schließen.

Fünf, zehn, zwanzig Sekunden lang.

»Was ist passiert?« Sems Stimme. Kräftig und stark.

Japhet riss die Augen auf.

Sem saß neben ihm. Der Rubin purzelte auf den Boden.

»Du bist ...« Japhet zog Sem an sich. »Geht's dir gut?«

Sem lächelte. Die Schusswunde war weg. Kein einziger Kratzer war zu sehen.

Ein Stöhnen vom anderen Raum. »Und wer hilft mir?«

Raymond?! Sollte er doch verrotten!

Sem stand auf. »Wir müssen ihm helfen.«

»Nachdem er dir gerade eine Kugel verpasst hat?« An Sem war wirklich eine Mutter Teresa verloren gegangen.

»Wir können ihn nicht sterben lassen.«

Japhet nahm den Rubin und folgte Sem in den angrenzenden Raum. Im Vorbeigehen hob er auch das Halsband auf und steckte es ein.

Sem staunte. »Was glaubst du, wofür die ganzen Sachen gut sind?«

»Sie gehören mir!«, schrie Raymond.

Japhet warf den Rubin in die Luft und fing ihn wieder auf. »Das glaube ich nicht.«

»Japhet!«, sagte Sem.

»Willst du sie etwa dem Kerl überlassen?«

Raymond klammerte sich an das Buch, in dem er geblättert hatte. Er griff in seine Manteltasche und zog einen Stift heraus.

Das gefiel Japhet gar nicht und so feuerte er von seinen Fingerspitzen fünf Flammen auf das Buch.

Raymond ließ es fallen. »Nein«, schrie er und schlug auf den blutroten Einband.

Zu spät.

Er qualmte, zog sich zusammen und die Seiten färbten sich schwarz.

Das Buch war nicht mehr zu retten.

Ausradiert

Was um alles in der Welt ging da vor sich? Morsus konnte durch sich hindurchsehen. Als wäre er eine Fotografie, die an den Rändern verschwommen wirkte. Er hatte keinen Zauber angewandt und doch fühlte es sich an, als würde er sich gleich in Luft auflösen. Niemand anderes als er selbst konnte diesen Zustand herbeiführen. Dachte er.

Vor ein paar Minuten hatte er sich gut gefühlt. War stolz, Khans Namen herausgefunden zu haben. Doch kaum, dass er in die Os-Frango-Ausbildungsstätte zurückgekehrt war, hatte die Veränderung eingesetzt.

Morsus' rechte Hand war mittlerweile völlig durchsichtig und die Transparenz breitete sich von den Händen auf die Arme aus, dann zu den Schultern und der Brust. Und wanderte weiter nach unten. Er stolperte zum Schreibtisch und beugte sich über das Buch. Der rote Einband flirrte, wie die Luft an heißen Sommertagen.

Er schlug das Buch auf und kritzelte Semuals Namen hinein. Er durfte keine Zeit mehr verlieren.

Der Stift fiel ihm aus der Hand und das Buch verschwand - wie eine ausradierte Zeichnung.

»Nein«, rief er. »Nicht das Buch!«

Zu spät. Es war weg. Einfach weg.

Jetzt konnte er den Jungen nicht mehr aufhalten.

Ein Blitz, dann verschwand auch Morsus selbst.

Asche und Staub

Raymond starrte auf das Häufchen Asche zu seinen Füßen. Sekundenlang. Dann schrie er: »Du Tölpel! Hast du eine Ahnung, welch kostbaren Schatz du verbrannt hast?«

Japhet zuckte die Schultern. Es war ihm egal. Im Augenblick gab es Wichtigeres als ein verkohltes Buch.

Die Erde bebte.

»Was passiert hier?«, rief Sem.

Eine Schale stürzte aus dem Regal und zerbarst, ein Helm scheppere und Holzstäbe, die hinter einer Truhe klemmten, fielen wie Mikadostäbe um. Sie rollten Japhet vor die Füße.

Raymond kroch zum Ausgang. Ignorierte die Risse über dem Mauerloch. Starrte erst nach oben, als der Durchgang über ihm zusammenbrach. Staub wirbelte auf und Raymond war weg.

Hustend starrte Japhet auf den Schutthaufen.

Sem lief hin und grub seine Finger in die Trümmer. Räumte Stein um Stein zur Seite.

»Lass es!«, sagte Japhet. »Das überlebt niemand.« Raymonds Schicksal berührte ihn nicht. Der Kerl hatte es verdient.

»Aber ...« Sem wischte sich über die staubige Stirn. Felsbrocken schlugen links und rechts neben ihm ein.

»Willst du draufgehen?« Japhet packte Sems Hand und riss ihn zurück. »Wir müssen einen anderen Ausgang suchen!«

»Und wo?«

Sem hatte Recht. Der Raum war nicht viel größer als ihr Zimmer. Japhet starrte an die Decke. Es hatte aufgehört Steine zu regnen. Er nahm Raymonds Fackel und leuchtete Meter für Meter die Mauer ab.

»Hast du das gehört?«, fragte Sem plötzlich.

Was war das für ein schleifendes Geräusch? Japhet leuchtete auf den Boden. Wieso steckte sein halber Schuhabdruck in der Wand? Was war das für eine Kacke? Er drehte sich um.

Die Wände bewegten sich aufeinander zu. Langsam, aber stetig.

»Und jetzt?«, fragte Sem. Er hob einen Stab auf, zeigte damit auf ein Tongefäß. »Könnte uns der Krempel helfen?«

Japhet trat auf einen alten Balken. Er steckte halb in der Erde, war an den Rändern morsch, sah aber sonst robust aus. Japhet steckte die Fackel wieder weg und bückte sich. »Hilf mir, den herauszuziehen.«

Sem packte mit an. »Was hast du vor?«

»Wirst du gleich sehen.« Doch der Balken rührte sich nicht. Als ob er festgeklebt war. Japhet wischte sich den Schweiß von den Händen. Bewegten sich die Wände immer schneller auf sie zu?

»Dreh! Dich!« Sem erfasste den Plan, legte sich noch mehr ins Zeug.

Es klappte. Sie legten den Balken quer zwischen die Wände. In letzter Sekunde. Das Holz verkeilte sich.

»Puh.« Sem atmete aus.

Der Balken krachte, Holz splitterte.

»Das hält nicht lang.« Japhet grub die Finger in die Wand. »Wir müssen klettern.«

Sem runzelte die Stirn. »Wohin?«

»Siehst du den Spalt dort oben?«

Sem schüttelte den Kopf. »Das ist zu hoch. Das schaff ich nicht.«

Der Balken brach in der Mitte entzwei und die Wände rutschen so dicht zusammen, dass Japhet sitzend daran hochklettern konnte.

Sem machte es ihm nach. »Wir werden zerquetscht.«

»Nicht reden, klettern!« Japhet erreichte den Mauerspalt und rollte hinein. Es gab gerade noch genug Platz für Sem. Er reichte ihm die Hand.

Sem packte sie und zog sich hoch, kam verkehrt herum neben Japhet zu liegen. Seine Knie bohrten sich in Japhets Bauch, die Schuhe ins Gesicht. Die perfekte Position zu sterben. Dann klatschten die Wände gegeneinander.

Finster.

Japhet schnippte mit den Fingern, doch sie brannten nicht. Er hatte seine Kräfte verbraucht.

»Wir werden ersticken«, stammelte Sem.

Japhet atmete tief ein. Ja!

Sem klammerte sich an Japhets Unterschenkel. »Wenn wir sterben, sollst du wissen ...«

»Werden wir nicht«, sagte Japhet. »Kommst du an meine hintere Hosentasche?«

»Warum?«

»Ich brauch mein Messer.«

Sem fuhr über Japhets Unterschenkel. Berührte seinen Oberschenkel.

»Höher!«

»Ich mach ja. Kannst du ein kleines Stück runterrutschen.«

Japhet versuchte es.

»Aua! Meine Nase!«

»'tschuldigung.«

Sem schaffte es, in Japhets Hosentasche zu greifen und das Messer herauszuziehen.

»Sehr gut. Schieb es mir zu. Ich kann meine Hände nicht abwinkeln.«

»Meinst du ich? Mir tut schon alles weh. Wozu brauchst du es überhaupt?«

»Hier ist ein Scharnier. Aber es ist eingerostet.«

Sem stöhnte. »Weiter geht nicht. Das Messer müsste jetzt in Höhe deiner Brust sein.«

»Das bringt nichts«, sagte Japhet. »Stoß es zu mir hoch.«

»Und wenn es verloren geht?«

»Mach einfach!«

Das Messer rutschte über den Stein.

Japhet konnte es mit den Fingerspitzen spüren. »Noch! Ein! Kleines! Stück!« Er quetschte seinen Arm nach unten. Riss sich die Haut am Ellenbogen auf und am Finger. Endlich hatte er es in der Hand. Er klappte es auf und fuhr mit der Klinge unter das Scharnier. Oder was immer es war. Es ließ sich öffnen.

Klick.

Der Stein unter ihnen kippte und sie rutschten eine glatte Rinne entlang.

»Wooooaaaaaaaaaaaaaaaaa.«

Vor der Treppe, durch die sie in die Tunnel gestiegen waren, wurden sie ausgespuckt.

»Das ist doch ...«

Die Erde bebte wieder. Aus einem der Schächte war ein Grollen zu hören.

»Klingt wie ...«

»Wie eine Lawine.«

Eine Welle aus Schutt und Staub rollte auf sie zu.

»Schnell!«

Sie hasteten die Stufen nach oben, sprangen aus dem Loch.

Waren frei.

Japhet blickte zurück. Von den Stufen war nichts mehr zu sehen. Der Eingang war zugeschüttet.

Sem blinzelte. »Kneif mich mal!«

»Das war kein Traum«, sagte Japhet. »Das war das Werk geübter Zauberer.«

Sem sah ihn perplex an. »Glaubst du?«

Japhet zuckte mit den Schultern. Er wusste nur von den Fähigkeiten der Luft- und Feuerzauberer. Gut möglich, dass Erdzauberer dazu in der Lage waren.

»Und jetzt?«

Er war in die Tunnel gestiegen, um den weißen Tiger zu finden und Swetlanas Unschuld zu beweisen. Doch der Plan war gescheitert. Begraben. Genau wie Raymond und die ganzen Gegenstände.

Japhet steckte das Messer weg und tastete nach dem Rubin, der Sem das Leben gerettet hatte.

Er war futsch. Alles, was sich noch in seinen Taschen befand, war das Lederhalsband, das Geister sichtbar machte. Was sollte er damit anfangen?

Swetlana war verloren.

Quid pro quo

Die Festhalle glänzte feierlich. Sämtliche Kerzen der Kronleuchter strahlten und aus den Wandboxen drang Tanzmusik.

Mönche. Nonnen. Schüler.

Alle waren hier.

Lachten und scherzten. Ein seltenes Bild. Und das nur wegen eines Fußballmatches?

»Wer ist Konrad Trabenstein?«, fragte Sem.

Der Name stand auf einem Banner über dem Eingangstor.

»Ein CuraNaus-Schüler, der es in den fünfziger Jahren in die Fußballbundesliga geschafft hat.«

Sie gingen an einer lachenden Albine vorbei.

»Können wir wieder gehen?«, fragte Japhet.

Zu spät. Helga hatte sie entdeckt und lief zu ihnen.

»Wo habt ihr gesteckt? Ich habe euch schon überall gesucht. Das Spiel ist seit zwei Stunden vorbei.« Sie zeigte auf Sems Fuß. »Wie geht es deinem Knöchel? Ich war im Hospital aber Mutter Henriette meinte ...«

Während Helga quasselte, schob Frater Ignatius einen Servierwagen durch die Tür, der auf drei Etagen mit belegten Broten beladen war. Gnomi schnappte sich eines und eilte weiter zu Rafik, der mit einem zweiten Wagen angerollt kam, auf dem sich Getränkepackungen stapelten.

»Fresssack«, schimpften Tim und Tom.

»Es ist genug für alle da«, sagte Frater Ignatius freundlich.

Frater Luis unterhielt sich angeregt mit Pater Pius. Mutter Anna mit Mutter Theresa. Frater Teo prostete ihnen zu.

»Darf ich bitten?« Frater Benedikt forderte Mutter Henriette zum Tanzen auf.

Waren die alle übergeschnappt?

Nur auf Frater Cornelius war Verlass. Er stand mürrisch wie immer mit verschränkten Armen in der Ecke, die Lippen fest aufeinandergepresst. Nach der Feier gab es auch eine Menge Arbeit für ihn.

Helga schubste ihn. »Hörst du mir eigentlich zu?«

»Klar, du hast uns gesucht und gefunden.«

»Ihr habt Christophers Rückkehr verpasst. Rubens Ansprache. Die Siegerehrung. Alles. Wusstet ihr, dass Nick und B5 in den Karzer gesperrt wurden? Sie haben sich nach dem Spiel mit ein paar der Sportler geprügelt. Hatten sogar Messer dabei!«

»Sem, mein Freund.« Mareks Arm landete über Sems Schultern.

Japhet funkelte ihn an. »Was willst du, Knox?«

»Reden.«

»Nicht jetzt«, sagte Sem und wand sich aus Mareks Griff.

»Genau jetzt«, fauchte Marek. »Hände weg von meiner Schwester!«

»Wie oft muss ich dir noch sagen, dass zwischen Leanne und mir nichts läuft?«, sagte Sem.

»Bis ich es glaube. Schon komisch, dass fünf Minuten, nachdem du aus dem Spiel gehumpelt bist, Leanne das Feld ebenfalls verlassen hat.«

»Du denkst, wir waren zusammen?«

»Ich weiß es!«

»Ist das wahr?«, fragte Helga plötzlich. »Natürlich nicht«, protestierte Sem.

»Aber du warst nicht im Hospital«, sagte Helga.

»Stimmt. Er war mit mir unterwegs«, sagte Japhet. Er starrte Marek herausfordernd an.

»Aber wo war sie dann?«, schrie Marek.

»Warum fragst du sie das nicht selbst?«, sagte Japhet. »Oder sperr deine Augen auf! Dann siehst du, was sich vor deiner Nase abspielt.«

Sems Hand landete auf Japhets Schulter. »Denk an Swetlana.« Er zog ihn von Marek weg, weiter zum Buffet.

»Meinst du, er hat den Wink verstanden?«, fragte Japhet.

»Gut möglich. Besser ich warne sie.« Schon rauschte Sem davon.

Helga starrte ihm hinterher. »Was geht hier vor?«

Japhet zeigte aufs Buffet. »Nimm dir was, ich erzähl dir alles.« Er redete, bis Sem zurückkam.

»Erledigt«, sagte dieser. »Und gerade noch rechtzeitig. Wenn Marek sie tanzen gesehen hätte ...«

Helga war kreidebleich.

»Was ist?«, fragte Sem.

Japhet lachte. »Ach, ich hab ihr nur erzählt, dass wir fast abgekratzt wären.«

Japhet und Sem zogen sich ins Zimmer zurück.

Kurz darauf klopfte es.

Pater Pius trat ein und schloss die Tür. »Habt ihr keine Lust mehr zu feiern, oder gibt es einen anderen Grund? So schnell wird es kein Fest mehr geben.«

Japhet und Sem zuckten die Schultern. War Pius gekommen, um sie zum Weiterfeiern zu überreden?

Der Pater verschränkte die Arme vor der Brust. »Gibt es etwas, das ihr mir sagen wollt?«

Sem sah zu Boden. Japhet schluckte. Wusste der Schulvorsteher von ihrer Expedition unter Tage?

»Wenn ihr das nächste Mal das halbe Kloster zum Einstürzen bringt, vergesst nicht, die Beweismittel zu beseitigen. Ich habe deine Sporttasche vor die Wäscherei gestellt, Sem. Weißt du, wo ich sie gefunden habe?«

Sem blickte hoch. »Ups.«

»Und jetzt keine Lügen, davon bekomme ich nur Kopfschmerzen.«

Japhet seufzte. »Wir wollten den Tiger suchen, um Swetlanas Unschuld zu beweisen.«

»Swetlana heißt die weiße Stute im Stall«, ergänzte Sem.

»Und weiter?«, fragte Pater Pius.

Japhet kaute auf seiner Unterlippe. Von Raymond und den menschlichen Überresten konnte er nichts erzählen, doch ...

»Wisst ihr was«, sagte Pater Pius plötzlich. »Es ist mir egal. Solange ihr euer Schweigen nicht brecht und Pater Rubens auch nichts davon erzählt, will ich kein Wort mehr darüber verlieren.«

Das war eine Ansage.

»Ich bin euch sogar dankbar.« Pater Pius rieb sich die Hände. »Wenn ich gekonnt hätte, dann hätte ich die Tunnel eigenhändig zugeschüttet. Jetzt haben diese unnötigen Nachforschungen endlich ein Ende.«

Japhet blieb der Mund offen stehen.

»Aber beantwortet mir eine Frage: Wozu wolltet ihr Swetlanas Unschuld beweisen, wo sie doch geschlachtet wurde?«

»Ähm«, stammelte Japhet.

»Sie lebt noch, nicht wahr?«

Japhet atmete schneller.

»Tja, dann bleibt mir nichts anderes übrig als zu Pater Rubens zu gehen und mich für das Pferd einzusetzen. Aber das dürfte nicht schwer sein.«

Japhet und Sem starrten ihn an.

»Christopher kann sich zwar nicht mehr erinnern, was passiert ist, aber er ist fest davon überzeugt, *nicht* von Swetlana angefallen worden zu sein. Außerdem hat mir Carl eben von einem roten Farbeimer erzählt, den er nach seiner letzten Streicharbeit hinter den Pferdeboxen abgestellt hat und in den sie getreten sein dürfte. Also kein Blut.«

Carl? Japhet sah Sem ungläubig an. War das zu fassen?

Sem lächelte.

Im Heim blieb keiner einem etwas schuldig.

»Das ist ja großartig«, rief Japhet.

»Da ist noch etwas.« Pater Pius griff in seine Kutte und holte einen Brief hervor. »Der ist für dich!«

An Japhet Morsus.

Von Spencer Spectable.

»Japhet nahm ihn verdutzt entgegen. »Er ist offen.«

»Natürlich. Wir überprüfen jeden Brief. Es handelt sich um eine Einkaufsliste. Für die Schule. Also vergiss nicht rechtzeitig einen Antrag für die Stadt zu stellen.«

Das Wetter zeigte sich in den nächsten Tagen von seiner schönsten Seite. Eine sanfte Brise wehte über die Stallungen.

»Ich habe eine Überraschung für dich.« Sem lief auf Japhet zu, die Hände hinter dem Rücken.

Japhet runzelte die Stirn. Ein Geschenk? Er stand mit Helga vor der Pferdebox, in der Swetlana wieder untergebracht war.

Helga kraulte sie am Hals. »Mir ist nie aufgefallen, wie schön sie ist.«

Sem zeigte, was er hinter seinem Rücken hatte. »Alles Gute zum Geburtstag.«

»Ein Sattel?«, rief Japhet. »Und woher weißt du, dass ich Geburtstag habe?«

»Von Helga«, sagte Sem und fuhr fort: »Ich habe mit Frater Benedikt gesprochen. Er meinte, Swetlana würde niemanden auf sich reiten lassen. Sie haben es ein paar Mal versucht, ohne Erfolg. Ich habe damit geprahlt, dass du es schaffen würdest. Da hat er mir den Sattel in die Hand gedrückt.«

Japhet wusste nicht, was er sagen sollte. Er ritt gut. Sagte zumindest Frater Benedikt. Allerdings waren Lola und Nelly eingerittene Pferde, die Schritt, Trab und Galopp beherrschten, Swetlana hingegen ...

Er hatte sich früher, als sie noch kleiner war, gerne an ihren Hals gehängt und sich von ihr mitziehen lassen.

»Also, was ist?« Sem drückte Japhet den Sattel in die Hand. »Du hast seine offizielle Erlaubnis.«

Zuerst Pius, nun Benedikt. Entweder die Mönche drehten total durch oder es steckte etwas anderes dahinter. Wollten sie, dass er sich das Genick brach?

Gut, er würde es ihnen zeigen.

»Den Sattel heben wir uns für später auf. Den brauchen wir nicht. Noch nicht«, sagte Japhet.

Zunächst würde er Swetlana im Schritt am langen Zügel gehen lassen, dann ...

Ja! Er sah sich schon über die Wiese galoppieren.

Bald.

Und mit diesem Gedanken im Hinterkopf lächelte er Sem und Helga breit an.

»Das wird ein Spaß!«

Leseprobe

aus

Peter Mühlhauser-Trois

HELGA HAM
und das Medaillon von Sevilla

Damals

»Die Hexe hat gestanden.« Mit einem breiten Lächeln hing ihr der Inquisitor ein kleines Säckchen um den Hals. Schwarzpulver. Ein Akt der Gnade. Damit es schnell ging.

Sie war an einem Pfahl mitten auf einem Reisighaufen gefesselt.

»Damit erkläre ich das Inquisitionsverfahren als beendet und verurteile sie zum Tode.«

Eifrig entfachte einer der Geistlichen eine Fackel und reichte sie dem Bischof. »Großinquisitor.« Er verbeugte sich tief.

»Ich danke Euch.« Der Bischof stieß die Fackel in den Reisighaufen. »Noch einen letzten Wunsch?«

Das Feuer loderte auf, doch die Frau schwieg.

Natürlich. Sie hatte keine Kraft mehr. Die Folterungen waren zu viel gewesen. Jetzt wollte sie nur noch sterben.

»Warum helfen wir ihr nicht?« Der Knabe zupfte ihn an der Kutte, die er sich über die Kleidung gestreift hatte, um nicht aufzufallen. Er schüttelte traurig den Kopf. Was sollte er tun? Er konnte es locker mit zehn von ihnen aufnehmen, aber gegen Hunderte hatte er keine Chance. Die Frau auf dem Scheiterhaufen dauerte ihn, aber keinesfalls durfte er ihr zu Hilfe eilen und sich als Zauberer zu erkennen geben. Bei den verurteilten Hexern und Zauberinnen handelte es sich um gewöhnliche Männer und Frauen ohne übernatürliche Fähigkeiten. Die Kirche würde das früher oder später einsehen. Wenn er aber seine Fähigkeiten zur Schau stellte, würde sich die katholische Kirche in

---

ihrem Handeln bestärkt fühlen und noch brutaler gegen die Hexen vorgehen.

Die Menschen um ihn herum grölten. Jubelten, als die Flammen an dem Kleid der Hexe leckten.

Er drehte den Knaben so, dass er ihm direkt in die Augen sehen musste. »Geh zurück ins Kloster und versteck dich bei den anderen.«

Der Knabe schüttelte den Kopf. Langsam verlor er die Geduld mit dem Bengel. Er hing an seinem Rockzipfel und ließ sich nicht abschütteln.

»Deine Mutter macht sich bestimmt Sorgen.«

Der Knabe zeigte auf die Hexe.

Er blickte zwischen ihr und dem Kind hin und her. Diese Ähnlichkeit. Wie hatte er das übersehen können? »Das ist deine ...«

Verdammt!

Die Frau auf dem Scheiterhaufen riss den Kopf gen Abendhimmel. Ein letztes Mal. Dann explodierte das Säckchen um ihren Hals.

Er hielt dem Knaben die Augen zu. Das Blut seiner Mutter spritze auf die Gesichter der Leute unmittelbar vor dem Scheiterhaufen.

Der Kleine schrie auf und unweigerlich drehte sich die Menschenmenge um.

Eine hagere Frau kreischte. »Da ist noch einer! Seht nur! Die roten Haare!«

Hervorragend. Er packte den Jungen und rannte zum Kloster.

Klopfte gegen die Klappe der Klostertüre. Sie wurde beiseitegeschoben und ein Novize blinzelte ihm durch das Gitter entgegen.

»Ich bin's.«

Der Novize entriegelte das Schloss.

Er stürmte mit dem Knaben durch das Tor. »Versperrt es wieder, schnell!«

Das Tor quietschte, Ketten klimperten.

Jetzt hieß es, keine Zeit verlieren. Mit dem Jungen im Schlepptau hastete er die Gänge entlang. Rechts, links, nochmal links. In der Bibliothek machte er halt.

»Sie kommen«, flüsterte er.

Männer und Frauen tauchten hinter den Bücherregalen auf und starrten ihn ängstlich an. Alle, bis auf einen.

Waleran.

Ein Krieger, durch und durch.

»Ich werde kämpfen«, sagte er entschlossen. An seiner Seite stand sein großer weißer Tiger.

»Das werdet Ihr nicht.« Er wies ihn mit einer Kopfbewegung zur Tür. »Ihr seid der Einzige, der die Leute sicher nach draußen führen kann.« Während er sprach, suchte er nach einem Buch. Nicht zu dünn, nicht zu dick. Er griff nach einem unscheinbaren Text ohne Titel. Mit festen Buchrücken. Perfekt. »Geht jetzt! Oder wollt Ihr, dass unsere Schätze den Gewöhnlichen in die Hände fallen?« Er zeigte auf die Rucksäcke, die zu den Füßen der Leute standen.

Anstatt einer Antwort fragte Waleran: »Was tut Ihr hier?«

»Ich verstecke einen letzten Trumpf. Falls alles schief laufen sollte.« Er griff in seine Kutte und fischte eine goldene Scheibe mit einem kleinen Loch in der Mitte hervor. Mit einem Zauber erhitzte er die Scheibe, sodass es sie in den Buchrücken drücken konnte. Er vergewisserte sich, dass sie festklebte, schloss das Buch und stellte es zurück ins Regal.

Der Tiger knurrte.

Kamen die Inquisitoren? Hatten sie es so schnell ins Gebäude geschafft?

Er atmete tief durch, schnappte sich eine Laterne und verkündete: »Schultert eure Rucksäcke, wir gehen gemeinsam.«

Zumindest fürs Erste.

Die Männer und Frauen, Burschen und Mädchen folgten ihm. Eine alte Frau hatte sich des Jungen angenommen und redete behutsam auf ihn ein.

Sie gingen zu einer kleinen Kammer. Dort führte eine Treppe tief unter das Kloster.

»Bleibt beisammen!« Glaubte man den alten Geschichten, so hatten sich hier unten schon manche hoffnungslos verirrt.

Er überreichte Waleran die Laterne und ließ ihn mit seinem Tiger vorausgehen, während er selbst die Nachhut bildete. Später würde er so unbemerkt verschwinden können. Schließlich hatte er Veronica versprochen zurückzukehren.

Die Männer vor ihm stoppten. Er blinzelte in die Finsternis, konnte aber nicht erkennen, warum Waleran angehalten hatte.

Plötzlich tauchten sie auf.

Fackeln.

Zehn. Zwanzig.

Er wirbelte herum, doch auch hinter ihm: Fackeln.

Nein! Er drückte sich an die Wand und nestelte an dem Medaillon herum, das um seinen Hals baumelte. Das Medaillon von Sevilla. Er wollte es nicht benutzen. Noch nicht. Doch er hatte keine andere Wahl.

Einen Wunsch. Das Medaillon erfüllte ihm nur einen einzigen Wunsch. Er überlegte fieberhaft, als er einen der Fackelträger erkannte. Ganz vorne. Markus.

Erleichtert atmete er auf. Er kämpfte sich durch die Männer und Frauen zu Waleran und nahm ihm die Laterne ab. Beleuchtete sein Gesicht. »Markus, mein Freund.«

Markus' Miene blieb ungerührt.

Er schüttelte den Kopf. Langsam. Ungläubig. »Warum?«

»Das fragt Ihr noch? Nachdem, was Ihr meiner Tochter angetan habt?«

Er schluckte.

»Glaubt Ihr, ich hätte keine Augen im Kopf?«

»Wir lieben uns«, erklärte er.

Markus spuckte auf den Boden. »Liebe, pff. Es ist vorbei.« Er wandte sich an seine Männer. »Ergreift die Hexer und Zauberinnen. Treibt ihnen den Teufel aus.«

Walerans Tiger knurrte, ehe sie einen Schritt machen konnten. Doch nun rückten die Fackelträger von der anderen Seite näher.

Er öffnete sein Medaillon, leckte sich über den Daumen und drückte den nassen Finger auf die Innenfläche. Wasser aktivierte es. »Ich wünschte, die Decke würde über der gesamten Meute einstürzen und sie unter sich begraben.«

Es war ein dämlicher Wunsch, aber der einzige, der ihm auf die Schnelle einfallen wollte. Besser wäre es gewesen, wenn er sich mit all seinen Leuten einfach weggewünscht hätte, aber das war nicht möglich. Der Wunsch konnte sich

---

nur auf die unmittelbare Umgebung und eine Person beziehen. So egoistisch war er nicht, nur sich selbst zu retten.

Der Einsturz verschaffte ihnen ein wenig Zeit. Verdammt, sie waren Zauberer. Mochten sie auch noch so ungeübt sein, in ihnen steckte die Kraft der Gaia und sie beherrschten eines der vier Elemente. Leider verstanden nur die wenigsten etwas von ihrem Handwerk. Viel früher hätte er ihnen zeigen sollen, wie sie ihre Kräfte einzusetzen hatten.

Die Staubwolke, die mit dem Einsturz einhergegangen war, legte sich und er verkündete mit fester Stimme: »Wir teilen uns auf.« Er stellte seine Laterne ab und fuhr fort. »Erdzauberer nach rechts, Luftzauberer nach links. Wasser- und Feuerzauberer zu mir.« Hoffentlich wussten sie wenigstens, mit welchem Element sie geboren worden waren.

Die Leute verteilten sich. Die Hälfte von ihnen, darunter auch Waleran, gesellten sich zu ihm. Die andere Hälfte ging nach rechts.

Er hatte es befürchtet. Nicht ein einziger Luftzauberer, der durch die Steine hätte fliehen und Hilfe holen können.

»Wie habt Ihr das mit dem Einsturz hinbekommen?«, fragte Waleran. Er war der Einzige, der seine Kräfte beherrschte, und wusste, dass ihm als Feuerzauberer so ein Zusammenbruch nicht hätte gelingen dürfen.

Er zeigte ihm das Medaillon. »Damit. Es erfüllt einem einen Wunsch.«

Waleran bekam große Augen. »Warum sprengen wir uns nicht frei?«

»Um vor dem Kloster von der aufgebrachten Meute empfangen zu werden?« Er schüttelte den Kopf. »Sie müssen glauben, dass wir tot sind.« Er gab das Medaillon Waleran.

»Ich kann es nicht mehr benützen. Es erlaubt einer Person nur einen einzigen Wunsch.«

»Verstehe. Was soll ich mir wünschen?«

»Gar nichts. Erzzauberer!«, sagte er laut und deutlich. »Ihr seid jung und es erfordert jahrelanges Training, dem Erdreich Herr zu werden. So viel Zeit haben wir nicht. Nehmt die Schätze, es gibt einiges zu tun!«

Erst Jahrhunderte später fand man ihre Gebeine.

Happy Birthday, Sem

»Heiliger Josef, du Nährvater Jesu Christi ...« Helga betete vor dem großen Heiligenbild, das an der Wand hing. Der unbekannte Maler des Porträts hatte die Augen so hinbekommen, dass sie einen stets ansahen; ganz gleich, ob man im Bett lag, am Tisch saß oder vor dem Fenster stand.

Er wird dir immer zuhören. Dich immer beschützen. Worte ihrer Mutter. Eine Zeit lang war der Heilige der Einzige gewesen, mit dem sie gesprochen hatte.

»Bald ist es so weit«, sagte sie.

Zum ersten Mal seit vier Jahren verließ sie das CuraNaus, in dem sie seit dem Tod ihrer Eltern lebte. Sie würde das kommende Schuljahr im Internat verbringen und erst zu den Sommerferien zurückkehren.

Ein komisches Gefühl. Was, wenn ihr das Internat nicht gefiel? Wenn sie keinen Anschluss fand?« Sie schüttelte den Kopf. Warum machte sie sich so viele Gedanken? Tief in ihrem Inneren wusste sie es genau. Es war nicht die Angst vor der neuen Schule. Jahrelang hatte sie gepaukt, hatte Bücher um Bücher verschlungen, um auf die Adele Baumgartner zu kommen; dem renommiertesten Internat des Landes.

Sie wollte es allen zeigen. Besser sein. Nicht als Verkäuferin enden. Oder als Mutter von sieben Kindern, als Haufrau. Sie wollte studieren, Ärztin oder Anwältin werden.

Doch jetzt, wo es endlich so weit war, wollte sie lieber hierbleiben.

Die Zeit anhalten und genießen.

Du bist zeitlebens für das verantwortlich, was du dir vertraut gemacht hast. Antoine de Saint-Exupéry. Wie recht er hatte. Sie hätte Sem nicht ins Herz schließen dürfen. Nur weil er so aussah wie Felix.

Sie strich über die Narbe am rechten Schlüsselbein, wo sich das Autodach hineingebohrt hatte; dasselbe Autodach, das ihren Eltern und ihren Bruder das Leben gekostet hatte. Ihre Finger wanderten weiter den Hals hinab und umschlossen das Medaillon, das dort hing. Das Medaillon hatte ihr Japhet erst vor kurzem geschenkt, das Foto hingegen war alt. Ein letztes Andenken von ihrer Familie.

Die Tür krachte gegen den ramponierten Heizkörper und Patricia trampelte ins Zimmer.

Die hatte ihr gerade noch gefehlt. Seit die älteren Kinder über die Sommerferien von den Internaten zurückgekehrt waren, hatte sie kaum eine ruhige Minute.

Ein Rucksack knallte auf den Boden. Zwei Schuhe flogen unter das Bett.

»Wie ich sehe, führst du wieder Selbstgespräche.« Sie hielt sich die Hand vor den Mund. »Ich meine, du betest.« Sie zog eine Weste vom Haken. »Da will ich dich Gott weiß nicht stören.«

Die Tür knallte so fest ins Schloss, dass das Josefsbild an der Wand wackelte.

Helga biss die Zähne zusammen. »Es heißt *weiß Gott*, nicht *Gott weiß*«, rief sie ihr nach. Wie hatte *die* es geschafft, letztes Jahr auf die Adele Baumgartner zu kommen? Jedes Jahr schafften das nur drei Kinder. Dieses Jahr waren es Helga, Rafik und Gordon.

Nicht aber Sem.

Dabei wäre er der perfekte Kandidat. Einen Jungen mit dem Grips eines Einsteins auf eine Sportschule zu schicken war bescheuert.

»Sem sollte neben mir sitzen, seine ...« Sie unterbrach sich. Konnte es sein, dass sie sich in ihn verliebt hatte? Unsinn! Ihr ...

Lächelte der Heilige Josef plötzlich? Helga atmete tief durch. »Hör auf damit!« Sie räusperte sich. Dann setzte sie zu einem »*Gegrüßet seist du, Maria*« an. Das *Vaterunser* betete sie schon lange nicht mehr. Seit dem Autounfall brachte sie »*dein Wille geschehe*« nicht mehr über die Lippen.

»Im Namen des Vaters und des Sohnes und des Heiligen Geistes, Amen.«

Die Tür ging auf. Dieses Mal langsam und leise. Also nicht Patricia.

»Pst.« Japhet steckte den Kopf durch den Spalt.

Helga riss die Augen auf. »Was machst du hier?« Jungs hatten im Mädchentrakt nichts verloren. Wenn ihn die Mönche oder Nonnen entdeckten, würden sie ihn in den Karzer stecken. Helga war noch nie eingesperrt worden. Doch Japhet kümmerten Vorschriften wenig.

»Ich warte schon seit einer halben Stunde auf dich.«

Sie schlug sich auf die Stirn. Sie hatten sich um fünf Uhr in der alten Mühle verabredet, um Sem mit einem Geburtstagskuchen zu überraschen. Wie hatte sie das vergessen können? Es war ihre Idee gewesen. »Pass auf, dass dich keiner sieht, ich komme gleich nach.«

Japhet tippte sich an die Schläfe und schloss die Tür.

Helga schüttete den Kopf. »Verrückter Kerl.« Nie und nimmer hätte sie gedacht, ihn einmal so lieb zu gewinnen.

Die Verwandlung, die er dank Sem durchgemacht hatte, war erstaunlich. Fast wie bei ihr selbst. Woher hätte sie auch wissen sollen, dass in dem Maulaufreißer ein guter Kerl steckte. Ein Zauberer. Der bald auf eine Zauberschule gehen würde.

Sie öffnete den Kleiderschrank und zog unter einem sorgfältig zusammengelegten Stoß Blusen Sems Geschenk hervor. Hoffentlich freute er sich darüber. Sie steckte das handtellergroße Päckchen ein, schlüpfte in die Schuhe und lief, ohne die Schnürsenkel zu binden, aus der Tür.

Sem wartete in dem baufälligen Gebäude, das einmal eine Mühle war, auf sie. Er saß auf einem Strohballen und ließ die Füße baumeln. Helga und Japhet überfielen ihn von hinten.

»Überraschung«, riefen sie gleichzeitig.

Sem wirbelte herum. Er starrte sie mit offenem Mund an.

»Eigentlich wollten wir hier noch dekorieren«, sagte Japhet.

»Aber ich habe die Zeit übersehen«, sagte Helga.

Sem runzelte die Stirn. »Wozu?«

Japhet zeigte ihm den Kuchen, den er hinter seinem Rücken gehalten hatte. Vierzehn Kerzen neigten sich in alle Richtungen. Helga rückte die schiefste gerade, fischte das Päckchen aus ihrer Tasche und reichte es Sem.

»Happy Birthday.«

»Aber ich hab doch gar nicht Geburtstag«, stammelte Sem.

»Sagt wer?«

»Sag ich. Ich habe keine Ahnung wann ...«

»Es ist dein Namenstag«, erklärte Helga. »Ich dachte, bis wir den richtigen Tag kennen ...«

Sem sah sie gerührt an.

»Wir haben meinen Geburtstag gefeiert, jetzt bist du dran.« Japhet fuhr mit der flachen Hand über die Dochte. Schon brannten sie.

Helga wusste nicht, welche Zauber er beherrschte, aber mit Feuer konnte er umgehen.

»Du musst sie ausblasen.«

»Bevor die Kerzen auf den Kuchen kippen.«

»Und vergiss nicht, dir etwas zu wünschen«, sagte Helga.

Sem schloss die Augen und pustete. Dann nahm er den Kuchen und roch daran. Wachs tropfte auf seine Hose. »Der ist traumhaft. Woher ...«

»Frater Ignatius«, sagte Japhet. »Ich hätte ihn ja selbst gemacht, aber ...«

Helga lachte.

»Was? Glaubst du, ich könnte das nicht?«

Helga schüttelte den Kopf. »Ich lache nicht deshalb.« Sie zeigte auf den Wachsfleck auf Sems Hose.

»Sehr witzig.« Sem wischte über das Wachs und machte alles noch schlimmer.

»Du musst warten, bis es hart ist. Einen Moment ich mach das.« Helga kniete sich zu ihm und pustete.

»Da wird gleich noch was anderes hart«, stichelte Japhet.

Sem wurde knallrot.

Helgas Wangen glühten. Sie drehte sich zu Japhet. »Also wirklich.«

»Wenn das die Mönche wüssten. Die würden mich in den Turm sperren und ...« Er äffte Pater Rubens nach. »Verlotterter Bengel!«

»Genau«, fiel Sem ein. Er zupfte am Wachs und schnippte es Japhet ins Gesicht.

»Hey.« Der trat einen Schritt zurück.

Helga seufzte. Wie sehr würden ihr diese Neckereien fehlen.

»Was ist?« Japhet entging nichts.

Sem stoppte den Beschuss. »Tut mir leid.«

Sie lächelte. Typisch Sem. Nahm sofort an, es läge an ihm. »Jetzt dauert es nicht mehr lange«, sagte sie deshalb.

Japhet und Sem wurden augenblicklich ernst.

Prima. Nun hatte sie ihnen den Nachmittag verdorben.

»Dass wir bald getrennte Wege gehen, lässt sich nicht ändern«, sagte Japhet.

Sie hatten schon oft darüber gesprochen.

Warum musste sie ausgerechnet jetzt damit anfangen?

»Du träumst seit deinem zehnten Lebensjahr vom Adele Baumgartner. Denk doch mal nach. Für was hast du dich so reingehängt?«

Helga rollte die Augen. *Wofür* nicht *für was*. Doch sie korrigierte Japhet nicht. Sie wusste mittlerweile, dass ihre besserwisserische Art nerven konnte.

»Auch wenn wir auf verschiedene Internate gehen«, sagte Sem ruhig, »wir bleiben Freunde.«

Japhet nickte.

»Ich habe keine Ahnung, wo meine Familie steckt.« Sem blickte an die Decke. »Aber das ist egal. Ihr seid jetzt meine Familie. Dank euch gibt es etwas, worauf ich mich freuen kann.« Er machte eine ausladende Handbewegung. »Ein Zuhause.«

Eine Stunde später schlenderten sie zurück ins Kloster. Als sie die Meranhalle betraten, kam ihnen Pater Pius entgegen.

»Hier steckt ihr.« Der Schulvorsteher war völlig aus der Puste. »Ich suche dich schon überall, Sem.«

Hinter Pius tauchte ein hochgewachsener Mann auf. Er trug einen weißen Anzug. Das Sakko hing lässig über der Schulter.

Taxierte er sie? Oder starrte er Japhet an, der hinter ihr stand? Die Augen des Fremden waren unheimlich. Und gleichzeitig vertraut. Merkwürdig. Sie senkte den Blick.

»Der Herr kommt aus Berlin«, sagte Pater Pius zu Sem, und sah ihm dabei fest in die Augen. Hoffte er auf irgend-eine Gefühlsregung?

Sem runzelte die Stirn.

Der Fremde wandte sich direkt an ihn. »Erkennst du mich nicht?«

Sem schüttelte den Kopf.

Pater Pius seufzte. »Aber Junge, das ist ...«

Der Fremde fuhr dem Pater ins Wort. »Ich bin's ... dein Vater.«